새는 날아가면서 뒤돌아보지 않는다

새는 날아가면서
뒤돌아보지 않는다

류시화

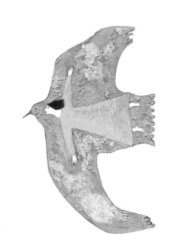

더숲

내가 묻고 삶이 답하다

젊었을 때 나는 삶에 대해 몇 가지 질문을 던졌었다. 진리와 깨달음에 대해, 행복에 대해, 인생의 의미와 '나는 누구인가?'에 대해. 그 질문들에 삶이 평생 동안 답을 해 주고 있다. 그때는 몰랐었다. 삶에 대한 해답은 삶의 경험들을 통해서만 발견할 수 있다는 것을. 나는 스승을 찾아 나라들을 여행하고 책들을 읽었으나, 내게 깨달음을 선물한 것은 삶 그 자체였다. 이것은 '우리는 자신이 여행을 한다고 생각하지만, 실제로는 여행이 우리를 만든다.'는 명제와 일치한다.

시인은 다른 시인을 대변할 수 없고, 작가도 다른 작가를 대신할 수 없다. 모든 시는 존재하지 않는 시였으며, 모든 책은 존재하지 않는 책이었다. 작가든 독자든, 지금 살아 있다는 것은 자기 자신의 이야기를 써 나가는 일이다. 타인의 기대나 정답이 아니라 자기 자신의 답을. 어느 날 삶이 말을 걸어올 때, 당신은 무슨 이야기를 할 것인가? 어떤 상실을 겪고 아픔의 불을 통과했다 해도 삶에게 예라고 말할 수 있는가? 계속 거부당해도 삶에게 편지를 보낼 수 있는가?

여기 모은 산문들은 내가 묻고 삶이 답해 준 것들이다. 인도의 시인 갈리브는 '내 시와 함께 나를 준다.'라고 썼지만, 어떤 글도 본연의 나를 다 표현하지는 못할 것이다. 또한 내가 쓰는 글들이 본연의 나를 능가하지 않기를 바랄 뿐이다. 이 불확실한 시대에 내 글이 위로나 힘이 되진 않겠지만, 나는 다만 길 위에서 당신과 함께 인생을 이야기하고 싶은 것이다.

류시화

차례

우리 안에는 늘 새로워지려는, 다시 생기를 얻으려는 본능이 있다. 자신의 삶을 변화시키는 힘을 자기 안에서 깨우려는 의지가. 우리는 본능적으로 자아 회복의 장소를 찾고 있으며, 삶에 매몰되어 가기만 하는 것이 아니라 스스로 치유하고 온전해지려는 의지를 지니고 있다.

퀘렌시아

_ 자아 회복의 장소를 찾아서

 투우장 한쪽에는 소가 안전하다고 느끼는, 사람들에게는 보이지 않는 구역이 있다. 투우사와 싸우다가 지친 소는 자신이 정한 그 장소로 가서 숨을 고르며 힘을 모은다. 기운을 되찾아 계속 싸우기 위해서다. 그곳에 있으면 소는 더 이상 두렵지 않다. 소만 아는 그 자리를 스페인 어로 퀘렌시아Querencia라고 부른다. 피난처, 안식처라는 뜻이다.

 퀘렌시아는 회복의 장소이다. 세상의 위험으로부터 자신이 안전하다고 느끼는 곳, 힘들고 지쳤을 때 기운을 얻는 곳, 본연의 자기 자신에 가장 가까워지는 곳이다. 산양이나 순록이 두려움 없이 풀을 뜯는 비밀의 장소, 독수리가 마음 놓고 둥지를 트는 거처, 곤충이 비를 피하는 나뭇잎 뒷면, 땅두더쥐가 숨는 굴이 모두 그곳이다. 안전하고 평화로운 나만의 작은 영역. 명상에서는 이 퀘렌시아를 '인간 내면에 있는 성소'에 비유한다. 명상 역시 자기 안에서 퀘렌시아를 발견하려는 시도이다.

전에 공동체 생활을 할 때, 날마다 열 명이 넘는 방문객이 찾아왔다. 지방에서 온 이들은 며칠씩 묵어가기도 했다. 살아온 환경과 개성이 다른 사람들로 늘 북적였다. 다행히 집 뒤쪽, 외부인의 출입이 차단된 작은 방이 내게 중요한 휴식처가 되어 주었다. 그곳은 오로지 나만을 위한 공간, 나의 퀘렌시아였다. 한두 시간 그 방에 앉아 있는 것만으로도 사람들을 다시 만날 기운이 생겼다. 그 비밀의 방이 없었다면 심신이 고갈되고 사람들에게 치였을 것이다.

내가 만난 영적 스승들이나 명상 교사들도 매일 수많은 사람들과 수행자들을 만나지만 수시로 자신만의 장소에 머물며 새로운 기운을 얻고, 그럼으로써 더 많은 이들에게 가르침을 펼 수 있었다. 그렇지 않으면 영혼의 샘이 바닥난다.

내 삶에 힘든 순간들이 있었다. 그 순간들을 피해 호흡을 고르지 않으면 극단적인 선택을 하거나 부정적인 감정들로 마음이 피폐해질 수 있었다. 그럴 때마다 여행은 나만의 퀘렌시아였다. 여행지에 도착하는 순간 문제들을 내려놓고, 온전히 나 자신이 되었으며, 마음의 평화를 되찾았다. 그러고 나면 얼마 후 새로운 의욕을 가지고 다시 삶 속으로 뛰어들 수 있었다.

동물들은 본능적으로 퀘렌시아를 안다. 뱀과 개구리는 체온으로 동면의 시기를 정확히 알며, 제주왕나비와 두루미도 매년 이동할 때가 되면 어디로 날아가 휴식할지를 안다. 그것은 존재계가 생명을 지속하기 위한 본능적인 부름이다. 그 휴식이 없으면 생명 활동의 원천이 바닥난다. 인간 역시 언제 일을 내려놓고 쉬어야 하는지 안다. 우리가 귀를 기울이면 몸이 우리에게 말해 준다. 퀘렌시아가 필요한 순간임을. 나 자신으로 통하는 본연의 자리, 세상과 마주할 힘을 얻을 장소가 필요하다는 것을.

장소만이 아니다. 결 좋은 목재를 구해다 책상이나 책꽂이 만드는 일에 집중하고 있으면 번뇌가 사라지고 새 기운이 솟는다. 그 자체로 자기 정화의 시간이다. 좋아하는 공간, 가슴 뛰는 일을 하는 시간, 사랑하는 이와의 만남, 이 모두가 우리 삶에 퀘렌시아의 역할을 한다. 소음으로부터 벗어난 곳에서의 명상과 피정, 기도와 묵상의 시간, 하루 일과를 마치고 평화로운 음악이나 풀벌레 소리에 귀 기울이는 밤, 내면세계의 안식처를 발견하는 그 시간들이 모두 퀘렌시아이다. 막힌 숨을 트이게 하는 그런 순간들이 없으면 생의 에너지가 메마르고 생각이 거칠어진다.

투우장의 퀘렌시아는 처음부터 정해져 있는 것이 아니다. 투우가 진행되는 동안 소는 어디가 자신에게 가장 안전한 장소이며 숨을 고를 수 있는 자리인지를 살핀다. 그리고 그 장소를 자신의 퀘렌시아로 삼는다. 투우사는 소와의 싸움에서 이기려면 그 장소를 알아내어 소가 그곳으로 가지 못하게 막아야 한다. 투우를 이해하기 위해 수백 번 넘게 투우장을 드나든 헤밍웨이는 "퀘렌시아에 있을 때 소는 말할 수 없이 강해져서 쓰러뜨리는 것이 불가능하다."라고 썼다.

삶은 자주 위협적이고 도전적이어서 우리의 통제 능력을 벗어난 상황들이 펼쳐진다. 그때 우리는 구석에 몰린 소처럼 두렵고 무력해진다. 그럴 때마다 자신만의 영역으로 물러나 호흡을 고르고, 마음을 추스리고, 살아갈 힘을 회복하는 것이 필요하다. 숨을 고르는 일은 곧 마음을 고르는 일이다.

히말라야 트레킹, 고산 부족과의 생활, 나를 가족처럼 보살펴 준 오지 마을 사람들, 갠지스 강의 작은 배 위에 누워 무념무상하게 바라보던 파란 하늘, 앞니 네 개 부러진 탁발승과 사과를 깨물어 먹을 수 있는가 시험하며 천진난만하게 웃던 일들……. 이런 '쉼'의 순간들이 없었다면 나 역시 건강한 삶을 유지하기 어려웠을 것이다. 누군가 말했듯이, 인생은 쉼표 없는 악보와 같기 때문에 연주자가 필요할 때마다 스스로 쉼표를 매겨 가며 연주해야만 한다.

가장 진실한 자기 자신이 될 수 있는 곳, 그곳이 바로 퀘렌시아이다. 나아가 언제 어디서나 진실한 자신이 될 수 있다면, 싸움을 멈추고 평화로움 안에 머물 수 있다면, 이 세상 모든 곳이 퀘렌시아가 될 수 있다. 신은 본래 이 세상을 그런 장소로 창조했다. 자연스러운 나로 존재하는 곳으로, 아메리카 인디언들처럼 세상과 대지와의 교감 속에서 활력을 얻고 영적으로 충만해지는 장소로. 그런 세상을 투우장으로 만드는 것은 우리 자신들이다.

지금 이 글을 쓰는 시간도 내게는 소중한 퀘렌시아의 시간이다. 트라피스트회 신부 토머스 머튼의 말대로 우리 안에는 새로워지려는, 다시 생기를 얻으려는 본능이 있다. '자신의 삶을 변화시키는 힘'을 자기 안에서 깨우려는 의지가. 우리는 본능적으로 자아 회복의 장소를 찾고 있으며, 삶에 매몰되어 가기만 하는 것이 아니라 스스로 치유하고 온전해지려는 의지를 지니고 있다.

당신에게 퀘렌시아의 시간은 언제인가? 일요일마다 하는 산행, 바닷가에서 감상하는 일몰, 낯선 장소로의 여행, 새로운 풍경과 사람들과의 만남……. 혹은 음악이든 그림이든 책 한 권의 여유든 주기적으로 나를 쉬게 하고, 기쁘게 하고, 삶의 의지와 꿈을 되찾게 하는 일들 모두 퀘렌시아가 될 수 있다. 좋은 시와 글을 종이에 베껴 적거나 소리내어 읽는 것 같은 소소한 일도 그런 역할을 한다.

긴 여행이 불가능할 때 나는 이틀 정도 시간을 내어 제주도의 오름을 오르거나 사려니숲길을 걷는다. 그곳에서 흙과 햇빛과 바람, 성스러운 기운들과 일체가 된다. 그때 발걸음이 곧 날개가 된다. 자연과 연결되는 장소, 대지와 하나 되는 시간만큼 우리를 회복시켜 주는 것은 없다. 그때 우리는 인도의 오래된 경전 『아슈타바크라 기타』의 말을 이해하게 된다.

'삶의 파도들이 일어나고 가라앉게 두라. 너는 잃을 것도 얻을 것도 없다. 너는 바다 그 자체이므로.'

삶에서 소중한 것을 잃었을 때, 매일매일이 단조로워 주위 세계가 무채색으로 보일 때, 사랑하는 사람들로부터 상처 받아 심장이 무너질 때, 혹은 정신이 고갈되어 자신이 누구인지 잊어버렸을 때, 그때가 바로 자신의 퀘렌시아를 찾아야 할 때이다. 그곳에서 누구로부터도, 어떤 계산으로부터도 방해받지 않는 혼자만의 시간, 자유 영혼의 순간을 가져야 한다. 그것이 건강한 자아를 회복하는 길이다.

나의 퀘렌시아는 어디인가? 가장 나 자신답고 온전히 나 자신일 수 있는 곳은? 너무 멀리 가기 전에 자기 자신에게로 돌아와야 한다. 나의 퀘렌시아를 갖는 일이 곧 나를 지키고 삶을 사랑하는 길이다.

찻잔 속 파리

_ 세상이 아프면 나도 아프다

처음 인도와 네팔을 여행할 때 괴로웠던 일 중 하나는 다양한 벌레들과 공생해야 한다는 점이었다. 진리를 깨닫기 위해 이 나라들에 온 것은 나 같은 히피 여행자만이 아니었다. 어딜 가나 파리, 벼룩, 빈대, 도마뱀, 지네와 마주쳤다. 이곳만큼 인간 친화적인 벌레들도 드물 것이다. 명상 센터에서 좌선을 하는 모기의 숫자는 언제나 수행자들을 압도했다. 모기들은 명상을 하는 내 이마에 앉아 집중 명상을 하는 것을 유난히 좋아했다. 나는 빨갛게 부어 오른 이마를 긁으며, 죽음을 두려워하지 않는 모기들이 나보다 먼저 해탈에 이를 것이라고 농담을 하곤 했다. 벌레들은 침낭뿐 아니라 날마다 마시는 차와 볶음밥까지 무전취식하기를 서슴지 않았다.

환경운동가이며 심층생태학자인 조애나 메이시가 미국 평화봉

사단의 일원으로 북인도 히말라야 기슭의 티베트 난민 공동체에서 활동할 때였다. 그녀는 난민들을 도와 티베트 전통 장신구를 만들어 파는 생활협동조합을 추진하고 있었다. 어느 날 오후, 티베트 승려들과 회의를 하는 도중에 파리 한 마리가 그녀의 찻잔 속에 빠졌다.

물론 그것은 그다지 큰일이 아니었다. 인도에서 일 년 넘게 생활한 터라 벌레와 곤충들에 별로 동요하지 않게 되었다고 그녀는 내심 자부하고 있었다. 설탕통 속 개미들, 찬장 안의 거미, 심지어 아침이면 신발 속에 새끼 전갈이 앉아 있기도 했다. 그럼에도 찻잔에 빠진 파리를 보자 그녀의 미간이 약간 찡그려졌다.

그 표정 변화를 알아차리고 앞에 앉아 있던 티베트 승려 최걀 린포체가 그녀에게 무슨 문제가 있느냐고 물었다. 조애나는 아무 문제가 아니라는 걸 보이기 위해 가볍게 웃으며 "단지 내 찻잔에 파리가 빠졌을 뿐."이라고 말했다. 벌레 하나 때문에 평정심을 잃는 모습을 보이고 싶지 않았다.

곤경에 빠진 그녀를 동정하듯 최걀 린포체가 부드럽게 중얼거렸다.

"오오, 찻잔에 파리가 빠졌군요!"

그녀는 린포체를 안심시키기 위해 다시금 미소를 지으며 자신은 '노 프라블럼'이라고 강조했다. 어쨌든 그녀는 저개발 국가들을 두루 다닌 경험 많은 여행자였고, 현대식 위생 개념에 집착하는 성격도 아니었다. 그녀는 재차 "아무 문제 없어요. 건져 내고 마시면 돼요." 하고 손짓으로 말했다.

의자에서 일어난 최걀 린포체는 앞으로 몸을 숙여 그녀의 찻잔에 손가락을 넣고 매우 조심스럽게 파리를 건져 밖으로 나갔다. 그리고 회의가 재개되었다. 조애나는 고산지대에서 생산한 양모로 전통 카페트 짜는 사업을 고위 승려에게 납득시키는 데 열중했다.

그때 환한 얼굴로 최걀 린포체가 회의장으로 돌아왔다. 그는 기쁜 목소리로 그녀에게 속삭였다.

"파리는 이제 아무 문제 없을 겁니다!"

그는 문밖의 나무 잎사귀 위에 파리를 올려놓고 파리가 날갯짓을 할 때까지 지켜보았으며, 조만간 무사히 날아갈 것이니 염려하지 말라고 설명했다.

조애나 메이시는 저서 『내가 사랑한 세상 *World as Lover, World as Self*』에서 이 일화를 전하며 자신은 문제가 되는가 아닌가의 기준이 자기 자신이었지만, 최걀 린포체의 기준은 파리에 있었다고 고백한다. 그녀의 경우는 생명의 기준이 높은 곳에 있는 자신이었고, 그 승려는 생명의 기준이 아주 낮은 곳에 있는 파리였다. 그의 환하게 빛나는 얼굴을 보며 조애나는 자신이 무엇을 놓치고 있는지 깨달았다. 자기 자신은 노 프라블럼이지만 찻잔 속 파리의 입장에서도 노 프라블럼인지 생각하지 못했던 것이다.

그 순간 그녀에게는 양모 카페트 사업의 승인을 얻어 내는 일보다 파리가 살아 있다는 소식이 더 중요하게 다가왔다. 그리고 마음속에 미소가 차올랐다. 그 수도승의 경지를 자신이 감히 나눠 갖지는 못할지라도, 그런 기준의 변화가 그녀에게 말할 수 없는 기쁨을 주었다.

인생의 문제를 초월했다는 듯 우리는 곧잘 노 프라블럼이라고 말한다. 그러나 그 노 프라블럼의 기준을 '나'에서 '타인'으로, 나 아닌 다른 존재로 전환하지 않는다면 그것이야말로 '빅 프라블럼'이다. 자기 중심에만 머물러 있는 관점은 결코 노 프라블럼일 수가 없다.

'나'에게서 '모든 존재를 포함한 더 큰 공동체'로 사고의 중심축을 이동하는 것, '나'의 자리에 '세상'을 앉히는 것이 곧 깨달음이다. 기준이 아직 '나'에게 머물러 있다면 자기 생존과 이익에만 집착하는 일차원적 인간에서 벗어나지 못한 것이다. 오늘날 세상의 모든 문제는 이 자기 중심의 기준에서 비롯된 것이다.

최갈 린포체의 시각으로 세상을 볼 수 있다면 "난 괜찮아."라는 생각에만 머물지 않을 것이다. "당신도 괜찮은가요?" 하고 묻게 될 것이다. "당신도 이 세상이 살 만한가요? 당신도 행복한가요?" 예를 들어, 조애나 메이시는 우리가 공감 명상을 통해 범고래가 되어 보면 멸종되어 가는 그 존재의 처지에 공감할 수 있다고 말한다. 그녀는 그것을 '사고의 대전환'이라 부른다.

다른 사람의 아픔에 함께 아파하는 것보다 더 높은 성품은 없다고 붓다는 말했다. 영성은 내가 모든 존재와 연결되어 있음을 깨닫는 일이며, 나 자신 못지않게 다른 존재들의 소중함을 인식하는 일이다. 타인에게 문제가 있으면 나 자신에게도 문제가 발생한다는 것을 아는 일이다. 세상이 아프면 나도 아플 수밖에 없다. 그런 가르침이 조애나 메이시를 세계적인 생태철학자로 변화시켰다.

화가 나면 소리를 지르는 이유

_두 가슴의 거리

어느 스승이 제자들과 함께 강에 목욕을 하러 갔다. 일행이 강으로 걸어 내려갈 때 강둑에 있던 남자와 여자가 서로에게 화를 내며 소리를 지르기 시작했다. 여자가 목욕을 하다가 목걸이를 분실했는데, 남자가 심하게 질책하자 언성이 높아진 것이다.

스승이 걸음을 멈추고 제자들을 돌아보며 물었다.

"사람들은 화가 나면 왜 소리를 지르는가?"

제자들은 잠시 생각에 잠겼다. 한 제자가 말했다.

"평정심을 잃기 때문에 소리를 지르는 게 아닐까요?"

또 다른 제자가 말했다.

"분노에 사로잡혀 이성이 마비되기 때문이 아닐까요?"

스승이 되물었다.

"하지만 상대방이 바로 앞에 있는데 굳이 크게 소리를 질러야 하는 이유가 무엇인가? 큰소리로 말해야만 더 잘 알아듣는 것도 아니고, 조용히 말해도 자신이 하고 싶은 말을 전달할 수 있지 않은가?"

그러면서 스승은 다시 물었다.

"사람들은 왜 화가 나면 소리를 지르는가?"

제자들은 각자 다양한 이유를 내놓았으나 어느 대답도 만족스럽지 못했다.

마침내 스승이 설명했다.

"사람들은 화가 나면 서로의 가슴이 멀어졌다고 느낀다. 그래서 그 거리만큼 소리를 지르는 것이다. 소리를 질러야만 멀어진 상대방에게 자기 말이 가닿는다고 여기는 것이다. 화가 많이 날수록 더 크게 소리를 지르는 이유도 그 때문이다. 소리를 지를수록 상대방은 더 화가 나고, 그럴수록 둘의 가슴은 더 멀어진다. 그래서 갈수록 목소리가 커지는 것이다."

스승은 처음보다 더 크게 소리를 지르며 싸우는 남녀를 가리키며 말했다.

"계속해서 소리를 지르면 두 사람의 가슴은 아주 멀어져서 마침내는 서로에게 죽은 가슴이 된다. 죽은 가슴에겐 아무리 소리쳐도 전달되지 않는다. 그래서 더욱더 큰소리로 말하게 되는 것이다."

스승은 이어서 말했다.

"두 사람이 사랑에 빠지면 무슨 일이 일어나는가? 사랑을 하면 부드럽게 속삭인다. 두 가슴의 거리가 매우 가깝다고 느끼기 때문이다. 그래서 서로에게 큰소리로 외칠 필요가 없는 것이다. 사랑이 깊어지면 두 가슴의 거리가 사라져서 아무 말이 필요 없는 순간이 찾아온다. 두 영혼이 완전히 하나가 되기 때문이다. 그때는 서로를 바라보는 것만으로도 충분하다. 말 없이도 이해하는 것이다. 이것이 사람들이 화를 낼 때와 사랑할 때 일어나는 현상이다."

스승은 제자들을 돌아보며 말했다.

"논쟁을 할 때 서로의 가슴이 멀어지게 하지 말아야 한다. 화가 난다고 소리를 질러 서로의 가슴을 밀어내서는 안 된다. 계속 소리를 지르면 그 거리를 회복할 수 없게 되고, 마침내는 돌아갈 길을 찾지 못하게 된다."

영적 스승 메허 바바가 들려주는 우화이다. 우리가 서로에게 화를 낼 때, 특히 연인이나 가족이나 부부 사이에 소리를 지를 때 어떤 일이 일어나는지 일깨우는 아름다운 가르침이다. 화가 나면 마음이 닫혀 버리기 때문에 상대방이 멀게 느껴진다. 그것이 화의 작용이다. 반면에 사랑은 가슴의 문을 열어, 멀리 있는 사람도 가깝게 느껴지게 한다. 그것이 사랑의 작용이다.

갈등의 10퍼센트는 의견 차이에서 오며, 나머지 90퍼센트는 적

절치 못한 목소리와 억양에서 온다는 심리학의 통계가 있다. 목소리의 크기가 옳음의 척도는 아니다. 소리를 지르는 관계는 가슴이 멀어진 관계이다. 그래서 자기 말이 들리게 하려고 더 크게 소리치는 것이다. 그리고 그렇게 함으로써 두 가슴은 더욱 멀어진다. 소리친 다음의 침묵은 가슴이 죽어 버렸음을 알려 주는 신호이다.

우리는 가까운 사람에게 더 자주 소리를 지른다. 낯선 사람에게 소리를 지르는 경우는 드물다. 더 사랑해야 할 사람에게 더 상처를 주는 것이다. 다음번에 화가 날 때 이 우화를 기억할 필요가 있다. 목소리의 크기는 가슴과 가슴 사이의 거리에 비례한다는 것을. 그리고 소리의 크기만큼 더 멀어지는 관계가 된다는 것을.

소리 지를 때 더 고통받는 것은 상대방이 아니라 나 자신이다. 불붙은 석탄을 던지는 사람은 자신부터 화상을 입는다. 내가 사람들에게 화를 내면서 깨닫는 것은 그러한 행동이 나를 주위 세상으로부터 더 고립시킨다는 것이다. 혹시 우리는 회복하기 어려울 정도로 멀어진 관계 속에서 소리를 지르고 있는 고독자가 아닐까.

남태평양의 섬에 사는 어느 부족은 쓸모없는 나무를 제거해야 할 때면 온 부족민들이 모여 그 나무를 향해 이렇게 소리를 지른다고 한다. "넌 필요 없는 나무야!" "넌 아무 가치가 없어!" 도끼

나 톱으로 자르는 대신 그렇게 계속해서 큰소리로 "쓰러져라! 쓰러져라!" 하고 외치면 얼마 안 가 나무가 시들어 죽는다는 것이다. 화가 나서 지르는 소리는 거리를 멀어지게 할 뿐 아니라 서로의 영혼을 죽게 한다.

상대방이 나에게 소리를 지른다면, 그것은 나를 필요로 한다는 뜻이고 거리를 좁히고 싶다는 뜻이다. 다정한 관계를 묘사하는 단어 중에 '첩첩남남喋喋喃喃'이라는 말이 있다. '작은 목소리로 즐겁게 이야기를 주고받는 모양이나 남녀가 마음이 맞아 정답게 속삭이는 모습'을 의미한다. 가슴이 더 멀어지지 않게 하는 방법은 소리치지 않기, 작은 목소리로 말하기이다.

누군가의 마지막을 미소 짓게
_ 한 가슴의 상처를 치유한다면

며칠 전 배우 김혜자 씨와 함께 차를 마시던 중 그녀가 아프리카 라이베리아에서 경험한 일을 들려주었다. 십 년이 넘는 내전으로 수십만 명이 목숨을 잃고 국민의 절반이 난민으로 전락한 그 나라에 김혜자는 의료봉사팀과 함께 도착했다. 그리고 어느 움막으로 들어가게 되었다.

다 쓰러져 가는 흙집 안에 한 흑인 여성이 고통으로 신음하며 누워 있었다. 의사가 그녀의 몸을 눌러 보니, 누르는 자리마다 역겨운 고름이 흘러나왔다. '사람이 어떻게 이 지경이 될 수 있을까?' 하는 생각이 들 만큼 숨을 쉬고 있는 것이 기적으로 여겨졌다. 의사와 김혜자는 몇 시간에 걸쳐 소독약으로 그녀의 몸을 닦고 고름을 제거해 주었다. 다 마쳤을 때 삼십 대 중반의 그녀는 조용히 숨을 거두었다.

마치 그들이 오기를 기다리고 있었던 것 같았다고 했다. 가난한 환경에서 태어나 한 번도 누군가로부터 사랑받지 못했지만 단한 번이라도 자신을 보살펴 줄 누군가의 손길이 나타나기를. 엉망진창인 몸을 다 닦아 주었을 때 그 여인은 뜻밖에도 평화롭게 미소를 지었고, 처음의 괴로웠던 얼굴과는 완전히 다른 얼굴이되어 있었다. 몸은 고통으로 얼룩져 있었지만 얼굴에는 빛이 났다. 마지막 눈을 감기 전에 여인은 김혜자와 의사를 보며 이렇게 말했다고 한다. 이제 행복하다고.

짧은 생을 고통으로만 보냈으나 한 번의 따뜻한 손길로 행복을 마음에 품고 떠난 것이다. 이 이야기를 전하며 김혜자는, 우리가 누군가에게 하는 행동이나 말이 그 사람 삶의 마지막 순간이될 수도 있으며, 그 사람은 그 느낌을 간직하고 떠나게 된다는 것을 알게 되었다고 했다.

어느 명상 잡지에서 뉴욕 택시 운전사의 경험담을 읽은 적이있다. 밤중에 전화를 받고 승객을 태우러 갔는데 어두운 슬럼가에다 인적조차 없었다. 그런 상황이면 다들 그냥 차를 돌리지만그 운전사는 왠지 알 수 없는 느낌이 들어 경적을 울린 후 차에서 내려 건물로 다가갔다. 문을 두드리자 안에서 잠깐만 기다려달라는 연약한 할머니의 목소리가 들렸다.

한참 뒤 문이 열리고 여든 살이 넘어 보이는 노부인이 작은 짐

가방을 끌고 나왔다. 고전 영화에서처럼 원피스에 베일이 드리워진 모자를 쓰고 있었다. 운전사의 에스코트를 받아 택시에 올라탄 그녀는 찾아갈 주소를 건네며 시내를 통과해 가자고 부탁했다. 주소지까지는 20분밖에 안 되는 거리인데 시내를 거쳐 가면 한 시간이 넘게 걸린다고 운전사가 설명하자, 그녀는 서두를 이유가 없다고 말하며 자신은 지금 노인 요양원으로 들어가는 길이라고 했다.

두 시간 동안 그들은 시내 곳곳을 돌아다녔다. 그녀는 자신이 처녀 시절에 엘리베이터 걸로 일하던 빌딩 앞에 차를 세워 달라고 부탁하고는 창문 밖으로 한참 동안 그 건물을 바라보았다. 그 다음에 간 곳은 그녀가 결혼해서 갓 신혼살림을 차린 주택가였다. 지금은 가구 전시장으로 바뀐, 소녀 시절 춤을 추곤 했던 무도회장 앞에서도 멈췄다. 그녀는 건물 앞이나 네거리에 차를 세우게 하고는 아무 말 없이 어두운 차 안에 앉아 밖을 응시하곤 했다.

마침내 그녀는 말했다.

"이제 가야겠어요."

작고 허름한 요양원 앞에 직원들이 나와서 기다리고 있었다. 택시에서 내린 그녀가 지갑을 꺼내 요금을 묻자 택시 운전사는 돈은 내지 않아도 된다고 말하고 그녀를 부축해 주었다. 그러자 그녀는 그를 꼭 껴안으며 말했다.

"이 늙은이가 생의 마지막 기쁜 순간들을 가질 수 있게 해 줘서 고마워요."

그녀는 요양원 안으로 들어갔고, 소리를 내며 문이 닫혔다. 그녀 인생의 마지막 문이 닫히는 소리였다.

불친절한 택시를 탔거나 참을성 없는 운전사를 만났다면 어떻게 되었을까? 운전사가 먼 길을 돌아가기를 거부했거나 그녀를 내버려 둔 채 어두운 슬럼가를 떠났다면? 우리가 하는 행동과 말, 우리가 내미는 손길이 누군가에게는 인생의 마지막 순간이 될 수도 있다. 그 영혼은 그 마지막 느낌을 마음에 간직한 채 이 세상을 떠날 것이다.

짐 코벳 이야기

_ 과정이 즐거웠는가

얼마 전, 주한 인도 대사관의 베드 팔 싱 영사와 점심을 먹으며 지난 세기 초 인도에서 활약한 전설적인 식인 호랑이 사냥꾼 짐 코벳에 관한 이야기를 나누었다. 그 당시 북인도 쿠마온 정글 지대에서는 호랑이들이 인가를 덮쳐 수많은 인명을 살상하는 일이 빈번했다. 짐 코벳이 사살한 33마리의 호랑이와 표범에게 목숨을 잃은 사람들의 숫자만 1,500명에 이를 정도였다.

그 지역 영국인 우체국장의 아들로 태어난 짐 코벳은 어렸을 때부터 주변에 펼쳐진 밀림과 야생동물들에 매료되었으며, 젊은 나이에 이미 대부분의 동물과 조류를 식별할 수 있었다. 자연에 대한 흥미와 관심이 그를 뛰어난 정글 트레커이자 사냥꾼으로 만든 원동력이었다. 코벳에 관한 신화는 군대와 수많은 사냥꾼이 포획하는 데 실패한 참파와트 식인 호랑이를 그가 혼자 추적해 사살함으로써 시작되었다.

코벳은 식인 맹수임이 확인되지 않으면 죽이지 않는 것으로도 유명했다. 또한 환경운동가로서 쿠마온에 인도 최초의 국립공원을 세우고 멸종 위기에 처한 벵골 호랑이와 야생동물들을 보호하는 데 앞장섰다. 그의 업적을 기려 그곳은 현재 '짐 코벳 국립공원'으로 불리고 있으며, 다섯 종류의 호랑이 중 하나가 그의 이름을 따서 명명되었다.

베드 팔 영사가 들려준 코벳에 관한 인상적인 일화가 있다.

한번은 코벳이 동료 사냥꾼과 함께 히말라야 발치의 밀림 속을 걸어서 이동할 때였다. 때는 4월이라서 자연은 최고의 아름다움을 뽐내고 있었다. 나무와 관목과 넝쿨식물들의 꽃이 만발하고, 화사한 색깔의 나비들이 새로 핀 꽃에서 꽃으로 날아다녔다. 대기는 폐부까지 파고드는 달콤한 향기로 진동했으며, 희귀한 새들의 요란한 지저귐으로 가득했다. 남쪽에서 겨울을 보낸 철새들까지 짝짓기에 가세해 밀림 전체가 봄의 청량함으로 거듭나고 있었다. 우거진 나무들 사이로 쏟아지는 햇빛은 주위 풍광을 신비롭게 비추었다. 계절이 주는 선물로 영혼 속까지 충만해지는 것을 느낄 수 있었다.

구불거리며 이어지는 오솔길을 따라 꿈속을 걷듯이 황홀경에 젖어 정글을 통과한 코벳 일행은 저녁 무렵 야영지에 도착했다. 여장을 풀면서 코벳은 동료 사냥꾼에게 그날의 여정이 즐거웠느냐고 물었다.

그러자 동료는 잘라 말했다.

"아뇨, 전혀 즐겁지 않았어요. 기대했던 것보다 길이 너무 험하고 힘들었어요."

그 동료는 오로지 목적지에 도착하는 데만 열중해 있었기 때문에 주위의 아름다운 풍경을 음미할 마음의 여유가 없었던 것이다. 자연이 선사하는 꽃과 새소리와 향기는 그의 오감 속에 스며들 겨를이 없었다. 밀림 속 오솔길은 자주 끊겨 넝쿨들을 자르며 길을 내지 않으면 안 되었다. 몸에 달라붙는 벌레들도 수시로 떼어 내야만 했으며, 발이 미끄러지는 진흙탕과 오르막길도 많았다. 해가 남아 있을 때 목적지에 도착할지도 미지수였다. 미지의 환경에서 느껴지는 불안감도 컸다.

그러나 코벳은 야생의 정글이 주는 경이로움과 신비만으로도 모든 고난을 충분히 잊을 수 있었다. 그렇게 한 걸음 한 걸음 스쳐가는 풍경을 즐기며 걷다 보니 어느새 야영지에 도착해 있었다. 동일한 무게의 배낭을 지고 동일한 길을 걸었으나 두 사람이 느끼는 짐의 무게와 고난에는 큰 차이가 있었다.

우리 자신도 목표 지점과 원하는 결과를 향해 가느라 삶이 그 여정에서 선물하는 것들을 지나치기 일쑤이다. 삶은 그 여정들로 이루어지는 것인데도 말이다. 한 사람은 도중의 난관들을 피해

서둘러 목적지에 도착하느라 마음이 급하지만, 또 한 사람은 과정에서 발견하는 신비와 뜻밖의 경험들에서 순수한 기쁨을 얻는다. 그에게 삶은 놓칠 수 없는 소중한 선물이며, 목적지는 오히려 그 과정들을 경험하기 위해 인위적으로 설정한 지점에 불과하다. 목적지에 이르면 또 다른 목적지로 가야 한다는 것을 알기 때문이다.

'모든 과정과 순간순간이 목적지'라는 말은 트레킹뿐 아니라 삶에 있어서도 진리이다. 사실 전 세계의 산과 정글 속에서 행해지는 트레킹의 진정한 의미는 목표 지점에 서둘러 도달하는 것이 아니라 '여정의 매 순간을 즐기고 감동했는가'에 있다. 그 즐거움과 감동이 고난을 불사른다. 순간순간을 즐기면 발걸음도 가볍고 자연스럽게 목적지로 나아간다. 그 기쁨이 신비하게도 나침반 역할을 하는 것이다. 그때 나아가는 길이 더 명확해진다.

모든 여행에서 중요한 것은 여행의 내용이다. 어느 지점에 도달했는가보다 어떻게 그곳까지 갔는가, 얼마나 많이 그 순간에 존재했는가가 여행의 질을 결정한다. 우리는 여행자이면서 동시에 여행 그 자체이다.

이 일화를 이야기하며 짐 코벳은 책에 썼다.

'자신이 걸어가는 길에 있는 것들에 관심이 없는 사람은 목적지에 도달해서도 행복하지 못하다.'

시인이 될 수 없다면 시가 되라는 말이 있다. 우리는 때때로 삶의 밀림을 통과해야 하며, 맹수 사냥꾼이 되어야 한다. 그러나 삶의 향기는 언제 목적지에 도착하는가의 여부와 관계없이, 우리가 걸어가는 길 중간중간에 피어 있는 들꽃 같은 얼굴들과 매 순간의 경험에서 우러나온다. 앞만 보고 나아가는 것이 아니라 담벼락에 핀 꽃을 보는 마음의 여유와 관심, 그곳에서 기쁨을 발견하는 쉬어 감이 그 여정을 풍요롭게 만든다.

나는 누구인가

_ 호랑이의 줄무늬는 밖에 있고 사람의 줄무늬는 안에 있다

뭄바이 부근의 명상 센터에서 지낼 때의 일이다. 한 한국인 여성이 심한 정신질환으로 고통받아서 내가 신경정신과 의원에 데려가게 되었다. 먼저 의사에게 전화를 걸어 진료 예약을 하면서 증세를 설명했다. 우리가 도착하자 의사는 기다리고 있었다는 듯 친절하게 맞으며 의자를 권했다. 검은 뿔테 안경에 지적인 인상이었다.

우리가 앞에 앉자 의사는 나에게 이름과 나이, 결혼 여부, 과거의 병력, 인도에 온 이유 등을 물었다. 그는 고개를 끄덕이며 진지하게 내 대답을 받아 적었다. 그러더니 나더러 입을 벌려 혀를 내밀라고 하고는 검안경으로 내 눈의 홍채를 살폈다. 그리고 두통과 환청에 시달리는지 물었다. 나를 환자로 착각한 것이다.

내가 아니라 옆의 여성 때문에 왔다는 말을 할 겨를도 없이,

의사는 내 외모와 분위기를 보고 나를 정신적인 문제가 있는 사람으로 단정했다. 그리고 내 말투와 시선과 혀의 색깔까지도 모두 그 관점에서 판단했다. 어떻게 하는가 보려고 나는 더욱 엇나가는 대답과 행동을 보였고, 의사는 확신을 갖고 연신 고개를 끄덕였다. 그러는 동안 정작 환자인 여성은 전개되는 상황이 매우 흥미롭다는 듯 야릇한 미소를 지으며 우리 둘을 번갈아 쳐다보았다. 그렇게 해서 나는 난데없이 인도인 전문의로부터 정신착란증 진단을 받게 되었다.

타인이 생각하는 나는 내가 아닐 때가 많다. 사람들은 나를 만나지만 사실은 내가 아니라 자신들이 상상하고 추측하는 나를 만난다. 오래 만난 사이에도 때로는 그 접점이 너무 멀어서 진정한 만남이 불가능하다. 한번은 네팔 카트만두의 원숭이 사원에서 다리를 쉴 겸 걸인들 옆에 앉아 있는데 한국인 아주머니가 다가와 5루피(50원 가량) 동전을 던져 주고 사진까지 찍었다. 그러더니 갑자기 나를 알아보고는 "왜 여기에 이렇게 앉아 있느냐?"고 야단을 치는 것이었다. 나는 일부러 나 아닌 척을 했고, 그녀는 다시 한 번 사진을 찍었다.

나는 타인이 말하는 '누구여야만 하는' 나가 아니며 '어디에 있어야만 하는' 나가 아니다. 나는 살아 있는 존재이므로 매 순간 다른 나이고, 어디에 있을지 스스로 결정하는 나이다. 따라서 타인이 생각하는 나나 사람들에게 보여지는 모습을 자신이라고 받아들이는 순간 불행과 불만족은 시작된다. 그때 우리는 자신이 가진 변화의 가능성을 부정하게 된다. 우리 자신은 하나로 고정된 존재가 아니라 매 순간 변화하는 무수한 모습들의 종합이기 때문이다. 라다크에는 이런 속담이 있다. '호랑이의 줄무늬는 밖에 있고 사람의 줄무늬는 안에 있다.' 그 내면의 줄무늬는 타인이 읽어 내기 힘들다. 그 줄무늬는 삶 속에서 시시각각 변화하면서 성장과 변신의 그림을 그려 나간다.

사람들이 나를 판단하는 첫 번째 기준은 나의 외모와 겉모습이며, 두 번째 기준은 과거이다. 고등학교나 대학교에 다닐 때 본 나에 대한 인상으로 나를 정의 내리는—실제로는 그 시기의 나와 대화조차 제대로 나눠 본 적도 없는—사람들을 우리는 종종 만난다. 자신들이 기억하는 먼 과거의 이미지를 나의 참모습이라고 믿는 것이다. 우리가 어떤 사람에 대해 말할 때마다 그것은 사실 몇 달 전, 혹은 몇 년 전의 그 사람에 대한 이야기이다. 그 사람이 지금은 변화했을 수도 있다는 사실을 상기시키면 절대로 달라질 자가 아니라고 부정한다. 인간이 자신의 편견과 판단에 대해 갖는 신뢰는 실로 놀랍다.

니체는『즐거운 지식』에서 썼다.

"우리는 자주 오해받는다. 계속해서 성장하고 변화하기 때문이다. 우리는 봄마다 껍질을 벗고 새로운 옷을 입는 나무와 같다.

우리의 정신은 끊임없이 젊어지고, 더 커지고, 더 강해진다."

누군가의 현재를 아는 것은 거의 불가능하다. 왜냐하면 인간 존재는 계속 자라고 가지를 뻗는 나무와 같아서 매일 변화하고 껍질을 벗을 가능성을 언제나 내포하고 있기 때문이다. 날마다 만나는 관계이거나 친밀한 사이라 할지라도 지난밤 혹은 오늘 아침 내가 어떤 내적 변화를 체험하고 낡은 옷을 벗었는지 알 길이 없다.

작자 미상인 다음의 글에 나는 동의한다.

'사람들은 당신의 이름을 알지만, 당신의 스토리는 모른다. 그들은 당신이 해 온 것들은 들었지만, 당신이 겪어 온 일들은 듣지 못했다. 따라서 당신에 대한 그들의 견해를 곧이곧대로 받아들이지 말라. 결국 중요한 것은 다른 사람들의 생각이 아니라 당신에 대한 당신 자신의 생각이다. 때로는 자신과 자신의 삶에 최고의 것을 해야만 한다. 다른 모든 사람들에게 최고의 것이 아니라.'

방황한다고 길을 잃은 것은 아니다. 모든 여행에는 자신도 모르는 비밀스러운 목적지가 있다. 그 많은 우회로와 막다른 길과 무너뜨린 과거들이 없었다면 지금의 나는 없었을 것이다. 그 길들이 있었기에 지금의 내가 있다. 자기 자신에게 이 한 가지를 물어보라. '이 길에 마음이 담겨 있는가?'

마음이 담긴 길

_ 방황한다고 길을 잃은 것은 아니다

문학의 길을 걷겠다고 집과 결별하고 노숙자가 되자 사람들은 제정신이 아니라고 했다. 시를 쓰고 밤 새워 책을 읽느라 학교는 낙제를 했다. 국문학과를 졸업하고 국어 교사가 되는 행운을 얻었으나 포기하자 사람들은 미친 것 아니냐고 했다. 잡지사를 다니다가 반 년도 안 돼 퇴사했을 때 그들은 '왜?'라고 물었다. 돈을 빌려 클래식 음악 카페를 열었다가 석 달 만에 문을 닫자 사람들은 그새 망한 것이냐며 의아해했다. 거리에서 솜사탕 장사를 시작하자 그들은 '정말?' 하고 눈을 의심하다가 한 계절 만에 접자 뒤에서 웃었다. 솜사탕은 한 철 장사이다.

가을에 출판사에 취직했다가 봄에 퇴사하자 사람들은 이해하지 못했다. 서울에서의 생활을 버리고 경기도 산 중턱 버려진 집으로 들어갔을 때 그들은 나에 대해 포기했다. 산에서의 생존이 한계에 부딪쳐 여의도의 회사에 다니자 사람들은 어울리지 않는다고 말렸다. 바바 하리 다스의 『성자가 된 청소부』 원서를 읽고 그 책을 번역하겠다며 회사에 사표를 내자 다들 어리석은 결정이라며 만류했다. 그 원고는 '재미없다'는 이유로 몇 군데 출판사에서 거절당했다.

불법체류자가 되기로 마음먹고 뉴욕으로 떠나자 '꼭 그래야만 하는가?' 하고 사람들은 질문했다. 두 달 만에 가진 돈을 전부 털어 인도의 명상 센터로 가자 '차라리 뉴욕에 있을 것이지' 하며 혀를 찼다. 다들 내가 아직 정신을 못 차렸다고 했다. 아는 사람 한 명 없는 서귀포로 이사하자 사람들은 계절마다 놀러 오면서도 외롭겠다고 했다. 두 해 만에 서울로 돌아오자 그 좋은 곳을 왜 떠났느냐며 아쉬워했다. 어떻게 먹고 살 것이냐는, 무모하지 않느냐는 말을 밥 먹듯 들어야만 했다. 정상이 아니라는 말도.

인도에만 자꾸 가자 사람들은 내가 원하지도 않는 유럽에도 가고 중국에도 가라고 조언했다. 해마다 인도를 계속 가니 인도가 아니라 비로소 나 자신이 보이기 시작했다. 잠언 시집 『지금 알고 있는 걸 그때도 알았더라면』의 원고를 완성하자 출판사들은 '시 읽는 독자가 적다'며 출간을 거절했다. 인도를 열 번 여행하고 『하늘 호수로 떠난 여행』을 썼을 때 '인도 기행문을 읽을 독자는 없다'며 출판사들은 고개를 저었다. 프랑스나 스페인 기행문을 쓰면 여행 경비를 대겠다는 제안도 했다. 엘리자베스 퀴블러 로스의 『인생 수업』을 번역하자 '죽음을 앞둔 사람들에 대한 이야기'라며 또다시 거절당했다. 그 책들이 베스트셀러가 되자 상업적인 작가라는 비난을 들어야 했다.

방황한다고 길을 잃은 것은 아니다. '모든 여행에는 자신도 모르는 비밀스러운 목적지가 있다'고 독일의 사상가 마르틴 부버는 말했다. 그 많은 우회로와 막다른 길과 무너뜨린 과거들이 없었다면 지금의 나는 없었을 것이다. 그 길들이 있었기에 지금의 내가 있다.

인간은 본질적으로 '길을 가는 사람'이다. 공간의 이동만이 아니라 현재에서 미래로의 이동, 탄생에서 죽음까지의 과정도 길이다. 인간을 '호모 비아토르Homo Viator'라고 하는데 떠도는 사람, 길 위의 사람이라는 뜻이다. 삶의 의미를 찾아 길을 떠나는 여행자, 한곳에 정착하지 않고 방황하며 스스로 가치 있는 삶을 찾아나서는 존재를 가리킨다. 그래서 동양에서는 구도 여정 자체를 '길(도)'이라 했다. 호모 비아토르는 길 위에 있을 때 아름답다. 꿈을 포기하고 한곳에 안주하는 사람은 비루하다. 집을 떠나 자신과 대면하는 시간을 가진 사람만이 성장해서 집으로 돌아온다.

우리는 항상 선택 앞에 놓인다. 한 가지 길의 선택은 가지 않은 많은 길의 포기를 의미한다. 그렇다면 자신이 걷고 있는 길이 좋은 길이라는 것을 어떻게 아는가? 약초를 연구하기 위해 찾아온 UCLA 인류학과 전공자 카를로스 카스타네다에게 야키 족 인디언 돈 후앙은 말한다.

"그 어떤 길도 수많은 길 중 하나에 불과하다. 그러므로 너는 자신이 걷고 있는 길이 하나의 길에 불과하다는 것을 명심해야 한다. 그리고 그 길을 걷다가 그것을 따를 수 없다고 느끼면 어떤 상황이든 그 길에 머물지 말아야 한다. 마음이 그렇게 하라고 한다면 그 길을 버리는 것은 너 자신에게나 다른 이에게나 전혀 무례한 일이 아니다.

스스로에게 이 한 가지를 물어보라. '이 길에 마음이 담겨 있는가?' 마음이 담겨 있다면 그 길은 좋은 길이고, 그렇지 않다면 그 길은 무의미한 길이다. 마음이 담긴 길을 걷는다면 그 길은 즐거운 여행길이 되어 너는 그 길과 하나가 될 것이다. 마음이 담겨 있지 않은 길을 걷는다면 그 길은 너로 하여금 삶을 저주하게 만들 것이다. 한 길은 너를 강하게 만들고, 다른 한 길은 너를 약하게 만든다."

죽는 날까지 자신이 가야 할 길을 선택하는 것이 삶이다. 따라서 자신이 걸어가는 길에 확신을 가져야 한다. 그 길에 기쁨과 설렘이 있어야 한다. 그리고 세상 사람들과 자신의 다름을 담담히 받아들일 수 있어야 한다. '길'의 어원이 '길들이다'임을 기억하고 스스로 길을 들여 자신의 길을 만들어 가야만 한다. 익숙한 것과 결별하고 내가 옳다고 느끼는 길을 정답으로 만들어 가는 것이 나의 인생이다. 다수가 선택하는 길을 벗어난다고 해서 낙오되는 것이 아니다. '보편적'이라는 기준이 오류를 면제해 주는 것은 아니다.

마음이 담긴 길을 걸으려면 편견의 반대편에 설 수 있어야 한다. 모두에게 사랑받고 모든 사람이 당신의 여행을 이해하리라 기대하지 말아야 한다. 당신의 길이지 그 사람들의 길이 아니기 때문이다. 남의 답이 아니라 자신의 답을 찾는 것이 호모 비아토르이다.

마음이 담긴 길을 걷는 사람은 행복을 추구하는 것이 아니라 행복과 나란히 걷는다. 행복은 목적지가 아니라 여정에서 발견되는 것이기 때문이다. 행복의 뒤를 좇는다는 것은 아직 마음이 담긴 길을 걷지 않고 있다는 것이다. 당신이 누구이든 어디에 있든 가고 싶은 길을 가라, 그것이 마음이 담긴 길이라면. 마음이 담긴 길을 갈 때 자아가 빛난다.

푸른 꽃

_ 당신의 푸른 꽃은 무엇인가

『푸른 꽃』은 독일 낭만주의를 대표하는 시인이자 소설가인 노발리스의 대표작이다. 작품 속 주인공인 청년 시인 하인리히는 한 여행자로부터 먼 고장의 보물들과 푸른 꽃에 대한 전설을 듣는다. 그리고 어느 날 꿈속에 푸른 꽃이 나타났는데, 그 꽃을 보고 싶다고 생각하는 순간 꽃이 소녀의 얼굴로 변하는 것을 목격한다.

푸른 꽃을 찾아 여행을 떠난 하인리히는 여러 고장을 지나며 상인, 광부, 시인, 기사 등 다양한 사람들을 만난다. 그리고 그들 각자로부터 여러 삶의 일화와 이야기를 듣는다. 마침내 목적지인 어머니의 고향에 도착한 그는 마틸데라는 소녀를 만나고, 그 소녀가 꿈속에서 본 푸른 꽃의 소녀임을 인식한다. 마틸데와 뜨거운 사랑을 하게 되지만 그녀가 갑자기 죽은 후 하인리히는 다시 먼 길을 걸어 고향으로 돌아간다. 이런 편력을 거치며 어디에나 시가 존재하며 이 세상 자체가 한 송이의 푸른 꽃임을 깨닫는 원숙한 시인으로 성장해 간다.

『푸른 꽃』을 처음 읽은 스무 살 무렵, 대학 캠퍼스 안을 걸어가는데 외국인 한 명이 광장 끝 계단에 앉아 있었다. 가까이 가서 보니 그는 가부좌를 하고 앉아 두 손을 양 무릎에 올려놓은 채 멀리 광장을 응시하고 있었다. 주위 소음에 아랑곳하지 않고 무척 평화로워 보였다. 그 당시 독재 정권에 맞서 캠퍼스는 연일 데모와 최루탄이 난무했다. 강의실은 폐쇄되고 만개한 벚꽃 사이로 돌과 화염병이 날아다녔다.

그 혼란과 불안 속에서도 아무 동요 없이 평화롭게 앉아 있는 그의 모습이 인상적이었다. 몇 걸음 뒤에서 한참을 기다린 후에야 그가 서서히 몸을 일으켰고, 내가 다가가 서툰 영어로 얘기를 나누었다. 그는 인도인이었고, 명상을 하고 있었다고 했다. '명상 meditation'이라는 단어를 그때 처음 들었는데, 이상하게도 마음에 와서 박혔다. 그는 내가 처음 만난 인도인이었으며, 최초로 명상에 대한 호기심을 갖게 만든 사람이었다. 소처럼 눈이 크고 앞니가 약간 벌어진 남자였다.

얼마 후 나는 연극부에 소속되어 작품 연습에 몰두하고 있었는데, 공대에 다니는 친구가 찾아와 대화를 나누던 중 갑자기 인도에 가지 않겠느냐고 말하는 것이었다. 인도의 어느 도시에 가면 뒷골목이 거미줄처럼 얽혀 있는데, 그곳으로 사라져 버리는 것도 한 방법이라고 그는 말했다. 나는 일단 연극 작품을 무대에 올린 다음에나 떠날 수 있다고 얼버무렸지만, 인도에 가면 명상을 배울 수 있을 것이라는 생각이 갑자기 떠올랐다. 이 친구 역시 앞니가 살짝 벌어져서 그 인도인의 얼굴과 겹쳐졌다.

학교를 졸업하고 생계비를 벌기 위해 회사에 다니면서도 늘 '인도에 가야 한다'는 생각이 머리에서 떠나지 않았다. 그런 생각이 어떤 한 가지 직업에 정착하지 못하게 만든 원인이기도 했다. 도중에 정신적인 시련을 겪어 인생을 포기하려고 한 적도 있었지만 '먼저 인도에 가야 한다'는 생각이 다시금 생의 의지를 갖게 했다. 그것이 내게는 '푸른 꽃'이었고, 어느덧 내 운명이 되었다. 노발리스는 '운명과 영혼은 같은 것'이라고 했다. 그리고 '우리는 눈에 보이는 것보다 보이지 않는 것에 더 가깝게 연결되어 있다'라고.

푸른 꽃을 찾아 떠난 주인공이 어느덧 나 자신이 되어 있었다. 내가 그 꽃을 발견했는지는 모르겠다. 아직 나는 길 위에 있고, 목적지는 계속 이어진다는 것을 안다. 그 여정을 생이 끝날 때까지 계속하리라는 것도. 그 꽃을 찾아 떠난 여행에서 나 역시 다양한 사람들의 삶을 알게 되었고, 그 만남들이 나를 성장시켰다. 진리는 세상 어디에서나 발견할 수 있다는 것도 깨달았다.

당신의 '푸른 꽃'은 무엇인가? 세상 속에서 현실에 적응하며 살지라도, 마음속에서 당신이 찾는 푸른 꽃은 무엇인가? 사람들이 그것을 환영이라고 부르든 신비주의라고 하든, 당신이 추구하는 수뭄 보눔summum bonum('최고의 아름다움'이라는 뜻의 라틴어)은 무엇인가?

　푸른 꽃은 이 세상에 존재하지 않는지도 모른다. 그 꽃을 발견한다 해도 환영처럼 부서져 버릴지 모른다. 그러나 푸른 꽃이 주는 선물은 그 꽃을 향해 떠나는 여정에 있다. 중요한 것은 목적지가 아니라, 목적지가 우리에게 부여하는 여정 그 자체이다. 그 여정이 나를 허물고 새로운 나로 만들어 간다. 현실에서 해결해야 할 많은 문제가 있다 해도 푸른 꽃에 대한 낭만적인 꿈이 없다면 우리는 일생 동안 현실의 문제에만 머물 것이다. 페르시아의 시인 루미는 '너 자신의 신화를 펼쳐라Unfold your own myth'라고 말했다. 걸음을 옮겨라, 두 다리가 점점 지쳐 무거워지면 너의 날개가 펼쳐져 비상하는 순간이 올 것이라고.

지금이 바로 그때

_두 점성가 이야기

점성가들의 나라라고 할 만큼 인도는 점성학이 발달해 있다. 모든 아이는 출생 천궁도에 따라 운명이 부여되며 취직과 결혼, 이사, 여행, 사업 등 거의 모든 면에서 점성가의 해석과 조언이 작용한다.

점성학자인 내 인도인 친구 수닐 티와리는 내가 인도에 갈 때마다 매번 어느 쪽 방향으로는 가지 말라거나 어떤 색깔의 옷을 입지 말라고 조언한다. 그러면 나는 일부러 그 방향으로 멀리까지 여행하거나 그 색깔의 옷을 위아래로 맞춰 입고 나타나 그를 놀라게 했다.

점성학에서 가장 중요한 요소는 시간이다. 시간은 우주 만물을 지배하는 힘이며, 우리가 사는 세상은 시간 그 자체이다. 지금 이 시간에 탄생하는 모든 것은 이 시간의 특성을 포함한다고 칼

융은 말했다.

'천문학 도시'로 이름난 핑크 시티 자이푸르에 한 점성가가 있었다. 그는 뛰어난 천문 관측가이며 점성학자였지만 그의 아내는 불만이 많았다.

"당신은 매일 천문학 책만 들여다보고 있는데 별자리에서 쌀이 나와요, 밀가루가 나와요? 돈을 벌어 와야 살잖아요."

그때마다 점성가는 자신을 믿으라고 말했다. 자신의 지식 추구가 헛되이 끝나지는 않을 것이며, 자신이 지금 별자리들의 배열을 예측해 우주 역사상 가장 상서로운 순간을 계산해 내고 있는 중이라고. 그 특별한 순간이 오면 옥수수 알갱이가 황금으로 변할 것이라고 그는 장담했다.

그러나 아내는 냉소적으로 말했다.

"언제까지 그런 허황된 소릴 늘어놓을 거예요? 당신이 지금까지 단 한 번이라도 그런 기적을 행한 적이 있다면 우린 이렇게 가난뱅이 신세가 되진 않았을 거예요. 한 끼 식량도 구해 오지 못하면서 어떻게 옥수수를 황금으로 바꾼다는 거예요?"

아내의 불신에도 불구하고 꾸준히 천문 연구를 계속한 점성가는 어느 날 그 상서로운 순간이 마침내 다가왔다고 선언했다. 매우 드물게 일어나는 행성들의 배열로 우주 에너지가 그 한순간에 집약된다는 것이었다.

그는 아내에게 신중하게 일렀다.

"나는 이제부터 깊은 명상에 들어갈 것이오. 한순간에 모인 우주의 에너지를 이곳으로 끌어당기기 위해서요. 당신은 옥수수와 뜨겁게 달군 솥을 준비하시오. 내가 신호를 하면 그 순간을 놓치지 말고 옥수수 알갱이를 전부 솥에 부어야 하오. 그러면 그것들이 팝콘처럼 터지면서 황금 알갱이로 변할 것이오. 그 순간을 놓치면 절대로 안 되오. 조금만 늦어도 천 년에 한 번 오는 기회가 사라질 것이오."

그의 아내가 냉정하게 진실을 말했다.

"눈 씻고 봐도 이 집에 옥수수가 한 알도 없는데 어떻게 황금을 만든단 말이에요?"

점성가가 말했다.

"이웃집 여자에게 가서 조금 빌려 오면 되지 않소?"

하는 수 없이 점성가의 아내는 옆집으로 가서 문을 두드렸다. 옥수수 알갱이를 한 솥 빌려 달라고 부탁하자 이웃집 여인이 놀라서 물었다.

"왜 갑자기 그렇게 많은 양의 옥수수가 필요해요?"

순진한 점성가의 아내는 자초지종을 이야기했고, 여인은 선뜻 옥수수를 빌려주었다.

점성가의 아내가 떠나자 이웃집 여인은 천 년에 한 번 오는 우주의 상서로운 순간이 점성가의 집에만 작용할 리 없다고 여기고 그 드문 기회를 자신도 붙잡기로 마음먹었다. 그녀는 서둘러 불을 지펴 솥을 뜨겁게 달군 뒤 옥수수 알갱이를 가득 준비해 놓고서 벽에 귀를 기울였다.

그러는 사이 점성가의 아내도 얻어 온 옥수수를 앞에 놓고 달궈진 솥 옆에 앉아 남편의 신호를 기다렸다. 명상에 잠겨 있던 점성가가 드디어 "바로 지금이야!" 하고 외쳤다. 그 순간 이웃집 여인은 즉각적으로 뜨거운 솥에 옥수수 알갱이를 부었다.

그러나 점성가의 아내는 미심쩍어하며 되물었다.

"지금 옥수수를 넣으라고요? 지금이 정말로 그 순간인 게 맞아요? 다시 한 번 잘 확인해 봐요."

점성가가 대답을 하기도 전에 우주의 상서로운 순간이 지나가 버렸다. 말 그대로 '황금 같은 기회'가 날아간 것이다. 크게 실망한 점성가가 그동안의 노력을 허사로 만들어 버린 아내에게 비난을 퍼붓고 있을 때 이웃집 여인이 반짝이는 황금 알들이 가득 담긴 솥을 들고 나타났다. 그녀는 함박웃음을 지으며 감사 표시로 황금 알 몇 개를 점성가의 아내에게 선물했다.

눈이 휘둥그레진 점성가의 아내가 남편에게 외쳤다.

"다시 한 번만 그 상서로운 순간이 돌아오게 해 봐요! 이번엔 절대로 기회를 놓치지 않을게요!"

점성가가 소리쳤다.

"한번 지나간 우주의 순간을 내가 어떻게 되돌린단 말이오? 지금 이 순간을 놓치면 다신 돌아오지 않는다는 걸 모르오?"

우리는 인생에서 많은 것을 놓쳤다고 생각하지만, 우리가 가장 많이 놓친 것은 '지금 이 순간들'이다. 삶은 우리에게 필요한 것을 언제든 줄 준비가 되어 있다. 지금 이 순간 행성들의 배열은 그 자체로 완벽하다.

'점성술 도시'로 불리는 아삼 주의 구와하티에 또 한 명의 점성가가 살았다. 그와 그의 아내는 모든 행동과 결정을 하기에 앞서 행성들의 배열과 12별자리를 분석해 가장 적합한 무후르트(길일)를 정하는 것이 습관이었다.

어느 날 밤, 부부는 집 안에서 들리는 정체 모를 소리에 잠이 깨었다. 남편이 아내에게 속삭였다.

"집에 도둑이 침입한 것 같아. 당신도 들었소?"

아내가 속삭였다.

"맞아요, 도둑이 든 게 틀림없어요. 그렇지 않으면 이 밤중에 누가 우리 집에서 저런 소릴 내겠어요?"

또다시 집 안을 뒤지는 소리가 들렸다. 겁이 난 아내가 말했다.

"내가 '도둑이야!' 하고 크게 소리를 지를까요? 그럼 이웃집 사람들이 달려와서 우릴 도와줄 거예요."

점성가 남편이 나무랐다.

"안 될 말이오. 당신도 알잖소. 먼저 낙차트라(달의 움직임)와 라시(12별자리)와 다사(행성의 지배 기간)를 점검해 보지 않고 그런 중요한 행동을 할 순 없소. 잠깐 기다려요. 내가 천궁도와 차트를 가져와서 언제가 소리를 질러 도움을 요청하기에 길일인지 계산해 볼 테니."

점성가는 발끝으로 걸어 책상에 놓인 점성학 책과 도표들을 가져다가 희미한 달빛 아래서 계산하기 시작했다.

초조해진 아내가 물었다.

"뭐라고 적혀 있어요?"

점성가가 말했다.

"계산에 따르면, 이런 형태의 중요한 행동을 취할 가장 적합한 시간은 여섯 달 뒤에나 있소. 그것도 그때 딱 한 번뿐이오. 지금은 우리가 소리를 지를 길일이 아니오. 그때까지 기다리는 수밖에 없소. 지금은 다시 잠을 자는 게 좋겠소."

아내는 몹시 불안했다. 그렇게 오래 기다리는 것이 과연 옳은 일인지 확신이 서지 않았다. 그러나 지금까지 점성학 계산에 따라서만 중요한 결정을 내렸기 때문에 남편의 주장을 받아들일 수밖에 없었다. 부부는 거실에서 들리는 소리를 듣지 않기 위해 머리 끝까지 이불을 뒤집어 쓰고 잠을 청했다.

도둑에게는 그날이 더할 나위 없는 길일이었다. 도둑은 마음 놓고 손에 잡히는 대로 훔쳐 유유히 떠났다.

이튿날 아침 점성가와 아내는 집이 완전히 털린 것을 보았다. 그러나 무엇을 할 수 있겠는가? 지금은 경찰에 신고할 길일이 아니었다.

6개월 뒤, 마침내 기다리던 길일이 찾아왔다. 새벽이 되자 점성가는 굳은 결의를 다지며 중얼거렸다.

"도둑놈아, 오늘 내가 드디어 본때를 보여 주마."

그는 잠든 아내를 깨웠다. 그리고 두 사람은 눈짓을 교환한 뒤힘껏 소리를 질렀다.

"도둑이야! 집에 도둑이 들었어요! 도와주세요!"

당장에 이웃들이 달려왔다. 하지만 텅 빈 집에 부부만 있을 뿐아무도 보이지 않았다. 사람들이 물었다.

"도둑이 어디 있지?"

점성가가 말했다.

"아, 도둑은 여섯 달 전에 왔다가 갔소. 오늘 그 사실을 알리고도움을 청하는 거요. 그때는 소리를 지를 길일이 아니었소. 바로오늘이 길일이오."

사람들은 웃어야 할지 울어야 할지 몰라 하며 돌아갔다.

우주의 모든 요소들이 우리의 삶에 영향을 미치지만 매 순간운명을 결정하는 것은 우리 자신이다. 계산과 두려움 때문에 뒤로 미룬 모든 날들이 우리가 놓친 길일들이다. 인생의 봄날은 언제나 지금이다. 행동하는 날, 그날이 바로 길일이다.

예찬

_ 현실에 색을 입히는 법

프랑스의 소설가이며 심미가인 미셸 투르니에는 산문집 『예찬 *Celebrations*』에서 '볼바시옹volvation'이라는 단어를 소개한다. 그것은 고슴도치가 조금만 위험이 닥쳐도 몸을 둥글게 움츠리는 현상을 의미한다. 인간의 경우는 사람들과의 접촉을 거부하고 세상을 향해 마음을 닫는 반사적인 행동을 가리킨다. 고슴도치는 싸우지 않고도 자기를 방어할 줄 알고, 공격하지 않고도 상처 입히는 법을 안다. 그것이 고슴도치식의 수동적인 방어법인 볼바시옹이다.

한 남자를 본 적이 있다. 그는 내가 묵는 게스트하우스의 베란다에서 두 명의 한국인 여성에게 자신의 여행담을 들려주고 있었다. 그는 자신이 석 달째 인도를 여행 중이며, 웬만한 도시와 장소들을 다 다녔다고 했다. 이제 막 미지의 나라에 도착한 두 여성은 기대와 두려움 섞인 얼굴로 그의 설명에 귀를 기울였다.

남자는 자신이 여행한 모든 장소들에 대해 부정적이었다. 델리의 여인숙들은 투숙객들의 짐을 뒤지는 곳이고, 타지마할은 사기꾼과 소매치기들 때문에 갈 곳이 못 되는 타락한 곳이며, 콜카타는 매연으로 인해 걸어다닐 수도 없는 곳이었다. 라자스탄 지역은 맛없는 오믈렛, 약을 탄 음료수, 동양인 여성과 결혼하려고 접근하는 남자들뿐이었다. 그리고 힌두교 성지 바라나시는 아이들까지 돈을 밝히는 매우 경계해야 할 장소였다.

그의 거듭되는 '경계'와 '조심'과 '주의', '가지 말아야 할 곳'과 '하지 말아야 할 것' 때문에 두 여성은 도착 첫날부터 인도에 여행 온 것을 후회하는 기색이 역력했다. 그의 말을 듣고 있자니 그가 석 달째 인도를 여행하고 있는 이유를 알 수 없었다. 그가 마음에 들어 할 곳이 그의 침낭 속 말고 세상에 있기나 할까? 그는 자기라는 단단한 껍질에 갇혀 외부 세상과 마주하기를 두려워하는 사람처럼 보였다. 그가 세상을 향해 뻗은 것은 가시뿐이었다. 결국 그는 자신뿐 아니라 두 여성까지 볼바시옹의 자세로 움츠리게 하는 데 성공했다. 그것이 그의 의도였다면.

투르니에는 단언한다. 예찬할 줄 모르는 사람은 비참한 사람이며, 그와는 친구가 되기 어렵다고. 우정은 예찬하는 가운데 생겨나는 것이기 때문이다. 투르니에의 설명에 따르면 현실 세계는 본

래부터 천연색이 아니라 흑백, 다시 말해 근본적으로 무채색이
다. 그 현실에 색깔을 부여하는 것은 우리의 눈이고 예찬이다. 그
러면서 투르니에는 말한다.

"나 그대를 예찬했더니 그대는 백 배나 많은 것을 돌려주었다.
고맙다, 나의 인생이여!"

세상은 불완전하며, 인간 역시 한계에 갇힌 존재이다. 그 둘을
보완하고 연결해 주는 것이 바로 예찬이다. 이름 모를 들풀에서
부터 은하의 언저리까지, 아이의 새로 난 앞니에서부터 돌고래의
노래에 이르기까지 세상은 언제나 예찬할 것들을 준비해 놓고
있다. 서로 예찬하지 않으면 인간 역시 볼품없는 존재이다. 예찬
보다 더 좋은 치유는 없다.

어느 자연주의자는 말한다.

"아침과 봄에 얼마나 감동하는가에 따라 당신의 건강을 점검
하라. 자연의 깨어남에 대해 당신 안에 아무 반응이 일어나지 않
는다면, 이른 아침 산책에 대한 기대와 설렘으로 잠을 떨치고 일
어날 수 없다면, 첫 새의 지저귐이 전율을 일으키지 않는다면, 눈
치채라. 당신의 봄과 아침은 이미 지나가 버렸음을."

이 나무, 신의 손금 같은 이 잔가지들, 꽃에서부터 밝아 오는
이 새벽에 생기를 불어넣는 것은 바로 우리들이다. 매일 지나치
는 똑같은 거리와 도시의 찌든 벽돌담 어딘가에서 무한의 운율
을 가진 새를 발견하는 것도 우리 자신이다. 눈을 감고 외면하면

그것들은 증인도 없이 영원한 어둠에 잠길 것이다.

나는 그 세 여행자도 조만간 볼바시옹의 자세를 버리고 세상을 예찬하게 되리라 믿는다. 나 자신도 여행 초기에는 그들과 같았다. 낯선 환경이 주는 불편함과 부조리에 실망하고, 여행 자체를 후회한 적도 있었다. 자기방어의 움츠림이 나와 세상을 분리시켰다. 그러다가 서서히 시타르 음악의 선율에 고개를 끄덕이고, 사리 입은 여인들의 모습에 감탄하고, 갠지스 강 너머로 떠오르는 아침 해에 가슴을 열게 되었다. 심지어 한밤중 기차역의 아수라장 앞에서도 전율하고 경탄하는 나 자신을 발견했다.

그런 순간들은 계시와도 같이 다가왔다. 한번은 정원을 다섯 배나 초과한 인파들로 아수라장인 장거리 기차에 올라탔는데, 남자와 여자와 노인을 헤치고 찾아간 내 좌석에는 이미 세 명의 인도인이 앉아 있었다. 배낭 놓을 자리조차 없었다. 간신히 창가 자리에 비집고 앉자 위층 의자에 빼곡히 앉아 있는 사람들의 새카만 발들이 내 머리 위로 떨어졌다.

그런 상태로 스무 시간 넘게 가야 한다는 사실에 당황하며 앉아 있을 때 놀라운 일이 일어났다. 남루한 차림의 소년과 소녀가 사람들 사이를 비집고 나타나 내 앞에서 노래를 부르기 시작한 것이다. 소녀는 가녀린 목소리로 가잘(인도, 아랍, 터키 등지에서 민족 음악으로 널리 불리는 4행으로 된 서정시)을 노래하고 소년은 낡은 북을 두드리며 장단을 맞췄다. 나를 포함해 모두가 노래에 귀를 기울였다. 한 곡이 끝나고 내가 5루피를 꺼내 소녀에게 건네자 소녀는 돈을 꼭 쥔 손으로 또 다른 노래를 이어 갔다. 그렇게 해서 복잡하기만 했던 기차 안이 잔잔한 음악회장으로 변했다.

여행이 내게 준 선물은 삶과 세상에 대한 예찬, 그것이다. 광부는 수많은 돌들에 불평하지 않는다는 말이 있다. 광부의 눈은 보석을 발견할 뿐이다. 예찬하는 마음 역시 모든 돌들을 보석으로 만든다. 부자는 누구인가? 많이 감동하는 사람이다. 감동할 줄 모르는 사람이 세상에서 가장 가난한 사람이다.

『지상의 양식』에서 앙드레 지드는 말한다.

"저녁을 바라볼 때는 마치 하루가 거기서 죽어 가듯이 바라보고, 아침을 바라볼 때는 마치 만물이 거기서 태어나듯이 바라보라. 그대의 눈에 비치는 것이 순간마다 새롭기를. 현자란 모든 것에 경탄하는 자이다."

이 행성에서의 여행을 마치고 떠날 때 당신은 어떤 말을 할 것인가? 혹은 이 별에 여행 오려고 준비하는 새로운 영혼에게 어떤 조언을 할 것인가? 인간 세계에서 조심해야 할 긴 목록을 암기시키면서 볼바시옹의 자세를 가르칠 것인가? 아니면 지구에는 예찬할 것이 너무나 많다고, 언제나 예찬할 마음의 준비를 해야 할 것이라고 말해 주겠는가? 덜 움츠리고, 덜 비난하고, 더 많이 예찬하라고.

당신은 이름 없이 나에게 오면 좋겠다

_ 여뀌

물에게 '사랑해', '감사해' 하고 말해 주면 물은 가장 아름다운 결정체를 보여 준다고 한다. 나는 아침마다 뜰에 나가 여뀌 풀에게 "좋은 아침!" 하고 인사한다. 여뀌는 꽃이 아주 작지만 화려하다. 이 여뀌들은 내가 심은 것이 아니라 다른 화초들에 묻어와 자생적으로 번진 것이다. 점점 세력을 넓혀 마당 한구석을 차지했다. 여름이 되면 바야흐로 여뀌들의 축제이다.

이름이 궁금해 도서관에서 식물도감을 빌려 와 찾아보니 개여뀌와 가시여뀌였다. 설명에 의하면 여뀌는 주로 물가에서 자라는 마디풀과의 한해살이 식물로 줄기에서 여러 가지로 갈라져 자란다. 길가의 흔한 풀이다. 식용으로는 먹지 않지만 뿌리를 포함한 모든 부분을 한약재로 사용하며 종류가 열다섯 가지가 넘는다. 잎과 줄기는 항균 작용이 뛰어나고, 매운맛이 나며, 일본에서는 싹이 튼 여뀌를 생선 요리에 쓴다. 매운맛이 없는 여뀌는 바보여뀌라 부른다. 꽃말은 이유를 모르지만 '학업의 마침'이다.

실수였다. 여뀌의 '정확한' 이름을 알고 그것의 특징과 효능까지 파악하자 무의식중에 그것에 대해 안다고 자부하게 되었고, 아침마다 신비감으로 나누던 인사의 깊이가 사라졌다. 여뀌와 나 사이에 이름과 분류가 가로놓였다. 방문객이 올 때마다 나는 여뀌를 보여 주며 내가 아는 지식을 늘어놓곤 했다. 그럴 때마다 『로미오와 줄리엣』에 나오는 대사를 빌어 여뀌가 이렇게 말하는 듯했다.

"이름이란 뭐지? 장미라 불리는 꽃을 다른 이름으로 불러도 아름다운 향기는 변함이 없는 것을."

소규모 탐조회birdwatching 모임을 만들어 회원들과 함께 산으로 골짜기로 새를 관찰하러 다닌 적이 있다. 나뭇가지 사이에서 새의 숨은 자태를 발견하는 것은 큰 기쁨이었다. 안타깝게도 새는 가까이 와 주지 않는다. 그리고 참새나 박새처럼 흔히 보는 새를 제외하고는 이름조차 알기 어렵다. 이름을 모르면 그 새에 대해 모른다는 생각이 든다. 그래서 다른 탐조회 회장을 초빙했다. 그녀는 전문가답게 커다란 조류도감을 들고 와서 눈에 띄는 모든 새의 이름을 가르쳐 주고 특징들을 설명했다.

실수를 넘어 비극이었다. 이름을 알고 지식이 쌓이자 새가 날아오면 금방 하나의 이름도 함께 날아와 새와 우리 사이를 가로

64

막았다. 신비감 속에서 새와 대면하던 순간은 확연히 줄었다. '아!' 하는 탄성 대신 머리가 먼저 그 새에 대한 정보를 떠올렸다. 이름이 새의 존재를 가로챘다. 새의 자태를 감상하느라 시간이 멈추고 생각이 멎던 순수한 경험은 그만큼 줄어들었다. 이름을 알기 전의 특별한 교감이 실종되었다.

어느 시인의 시를 빌어 밀화부리 새가 이렇게 말하는 듯했다.

"당신이 나를 부르는데, 왜 그것이 나의 진정한 이름이 아닌지 궁금하다."

나는 많은 이름을 가지고 있다. 부모가 준 이름이 있고—사람들은 그것을 나의 '본명'이라 부른다—작가로서의 필명이 있다. '류시화'라는 이름과 긴 머리 때문에 여성으로 착각하는 이들이 있다. 남자인 걸 알면 적잖이 실망하기도 한다. 인도인 친구들은 시바 신과 발음이 비슷하다고 다들 'Shiva'라고 부른다. 스승 오쇼에게서 받은 이름은 스와미 디얀 칼리스, 순수 명상이란 뜻이다. 또 다른 스승 수크데브 구루지가 축복과 함께 내려 준 이름은 아난드 묵티이다. '아난드'는 지복이고 '묵티'는 속박에서 벗어남이다. 캅제 린포체에게 받은 티베트 이름은 롭상 잠양으로 '고귀한 가슴'이다. 이 생에서 그런 인간이 되라는 의미의 이름들이다. 탐조회에서 제비뽑기로 고른 이름은 곤줄박이, 즉 '고운 줄이 박힌 새'였다. 나는 그 이름을 좋아했는데, '갈까마귀'라는 이름을 뽑은 사람은 무척 싫어했다. 그는 자신의 존재가 손상당한다고 여겼다.

이름과 자신을 동일시하는 것은 에고의 출발이다. 어린아이는 자신의 이름을 곧잘 삼인칭으로 부른다. 그러다가 서서히 이름이 그의 존재와 하나가 되고 성별, 국적, 직업, 외모, 학력, 나아가 불치병까지도 자기 자신이 된다. 이 모든 것들과의 자기 동일시는 이름이 여뀌와 나 사이를 가로막듯이 본래의 자기 존재에 다가가는 것을 방해한다.

이름 없이 여뀌의 존재에 다가가는 순간 우리는 깨닫는다. 여뀌와 나 자신이 같은 존재라는 것을. 여뀌도 나와 똑같이 물을 필요로 하고, 바람에 흔들리고, 서리에 몸을 움츠린다. 그리고 겨울에는 존재계로 돌아갔다가 새봄에 다시 등장한다. 명칭과 성별과 종을 잊으면, 인간과 식물이라는 구분을 버리면, 우리 모두가 같은 생명이 흐르는 통로이다.

철학자 미셸 푸코는 서구의 인식론이 '앎의 주체'와 '앎의 대상'을 구분함으로써 이미 그 한계를 가지고 있다고 지적한다. 이름에서부터 특징과 효용에 이르기까지 온갖 지식을 가져도 한 포기 여뀌의 신비를 이해할 수 없다. 그 지식들은 앎이 아니라 대상을 분류하는 편리 수단일 뿐이다.

'우리가 곤경에 빠지는 것은 뭔가를 몰라서가 아니라 뭔가를 확실히 안다는 착각 때문이다.'라는 말은 진리이다. 자세히 볼수록 더 모르게 된다. 그것이 존재의 신비이다. 한 존재를 아는 것은 한 세계를 끌어안는 일이고, 누군가를 사랑한다는 것은 내가 모르는 그 무한한 세계를 사랑한다는 것이다. 상대방을 이름과 성별과 직업으로 분류하고 규정짓는 순간, 나는 그 무한한 세계를 사랑하기를 포기한 것이다. 아메리카 인디언들은 살아 있는 모든 것을 그냥 '그대'라고 불렀다. 그 자체로 존중이고 사랑이다.

당신은 이름 없이 나에게로 오면 좋겠다. 나도 그 많은 이름을 버리고 당신에게로 가면 좋겠다. 이름을 알기 전에 서로를 느끼면 좋겠다. 그때 신비의 문을 여는 열쇠가 우리에게 내려온다. 현존에는 이름이 없다. 궁극의 신비인 우리는 이름과 분류를 넘어서 있다. 그 세계에서만 우리는 온전히 하나가 될 수 있다. 내 안의 신과 당신 안의 신이, 내 안의 불과 당신 안의 불이 만날 수 있다. 내 안의 절대 고요와 당신 안의 절대 고요가.

사랑하는 사람은 그냥 지나치지 않는다

_프루스트의 장미

『잃어버린 시간을 찾아서』의 작가이며 20세기 최고의 소설가 중 한 명인 마르셀 프루스트가 친구이자 작곡가인 레이날도 한과 함께 남프랑스에 있는 어느 대저택 정원을 거닐며 대화를 나누고 있었다. 두 사람이 진홍색 꽃이 핀 벵골장미나무 앞을 지나갈 때, 갑자기 프루스트가 말을 중단하고 걸음을 멈췄다. 레이날도도 걸음을 멈출 수밖에 없었다. 친구를 의식한 프루스트는 이내 다시 걷기 시작했다. 그러나 몇 걸음도 가지 않아 다시 멈춰서더니 말했다.

"미안하지만 내가 잠시 뒤에 남아 있어도 되겠나? 먼저 가면 곧 뒤따라가겠네. 조금 전의 장미꽃들을 다시 보고 싶어서 그래."

레이날도는 프루스트를 혼자 두고 먼저 앞으로 걸어갔다. 갈림길에서 돌아보니 프루스트는 장미나무가 있는 곳으로 되짚어가고 있었다.

레이날도가 대저택을 한 바퀴 돌아 다시 그 자리로 올 때까지 프루스트는 똑같은 장소에서 미동도 하지 않고 장미꽃을 감상하고 있었다. 머리를 앞으로 숙이고, 얼굴은 더없이 진지했으며, 눈썹까지 약간 찌푸린 채 미묘한 꽃들에 몰입해 있었다.

레이날도가 그 옆을 한 차례 더 지나간 다음에야 프루스트는 몰입 상태에서 깨어나 친구를 부르며 달려왔다. 가까이 다가온 그가 친구에게 물었다.

"화나지 않았나?"

레이날도는 그렇지 않다고 미소를 지어 보였으며, 두 사람은 아무 일도 없었다는 듯 중단되었던 대화를 이어갔다. 레이날도는 프루스트를 존중하는 마음에서 그 장미나무에 대해 묻지 않았다. 전에도 그런 일이 여러 번 있었기 때문이다. 훗날 레이날도는 회상기에 썼다.

"그런 신비한 순간들을 얼마나 많이 목격했던가! 그 순간들에 마르셀은 자연, 문학, 인생과 완전히 하나가 되어 있었다. 그 '깊은 순간들' 속에 온 존재가 물아일체로 잠겨 있었다."

프루스트는 사람들과의 교류에서도 소설의 줄거리를 얻었지만 흔한 가시나무나 장미꽃 앞에서 보낸 몰입의 순간들 속에서도 많은 영감을 얻었다. 그런데 프루스트는 심한 천식 때문에 햇빛이나 거리의 소란, 향수 냄새도 견디기 힘들어 자주 밀폐된 방에

칩거하며 글을 써야만 했다. 아홉 살에 시작된 천식은 죽음의 순간까지 그를 괴롭혔다. 따라서 장미나 꽃들에 가까이 다가가는 것은 천식 발작을 일으킬 수도 있는 위험한 일이었다. 힘들게 완성한 소설도 출판사를 구하지 못해 자비출판을 해야만 했다. 대작 『잃어버린 시간을 찾아서』를 앙드레 지드가 '형편없는 작품'이라고 출간 거부한 것은 유명한 일화이다. 또한 프루스트는 성격적으로도 어두운 일면이 있었다.

그런 많은 문제들에도 불구하고 몰입해서 경험한 사물들에 대한 기억은 소설 집필의 원동력이 되었다. 그 몰입의 순간에 그는 '나는 더 이상 하찮고 우연한 존재가 아니다.'라고 느꼈다. 나아가 '한 송이 꽃의 기적을 볼 수 있다면 우리의 삶 전체가 바뀔 것이다.'라고 썼다. 『잃어버린 시간을 찾아서』의 주제는 우리가 많은 순간들을 잃어버리며 살고 있다는 것이다.

자세히 보기만 하면 모든 사물은 그 속을 가지고 있다. 종교에서는 그것을 '신의 파편'이라 부른다. 그래서 각자가 독특하고 신비하다. 고대 베단타의 사상가가 간파했듯이, 보려고 하지 않는 사람보다 더 심각한 장님은 없고, 들으려고 하지 않는 사람보다 더 심각한 귀머거리는 없다.

우리는 보고 느끼기 위해 태어났다. 그 밖에 꼭 무엇이 되어야만 하는 것은 아니다. 아름다움에 몰입하고 감동할 줄 아는 영혼을 가지고 우리는 이곳에 왔으며, 그 몰입과 감동이 삶의 문제들을 극복하고 인생을 살아 나가게 하는 힘이다. 하버드대 심리학자 대니얼 길버트는 '행복에 영향을 미치는 것은 배경이나 환경이 아니라 일상의 순간에 대한 집중도'라고 말했다.

한 제자가 물었다.
"저는 어디에서 깨달음을 추구해야만 할까요?"
스승이 말했다.
"이곳에서."
"그것이 언제 가능할까요?"
"지금 이 순간 일어나고 있다."
제자가 다시 물었다.
"그럼 왜 저는 그것을 경험하지 못하는 걸까요?"
스승이 말했다.
"네가 보고 있지 않기 때문이다."
"무엇을 봐야만 하죠?"
"특별한 것이 아니다. 그냥 보면 된다. 너의 시선이 닿는 것이면 어떤 것이든."
"하지만 어떤 특별한 방식으로 바라봐야 하지 않을까요?"
"아니다, 평범한 방식으로 보면 된다."
"저는 언제나 평범한 방식으로 보는데요."

"아니다, 넌 보지 않는다."

제자가 물었다.

"왜 안 본다는 거죠?"

스승이 말했다.

"보기 위해서는 지금 여기에 존재해야 한다. 너의 마음은 거의 언제나 다른 곳에 가 있다."

진정으로 바라봄이야말로 사랑의 행위이다. 눈앞의 세상을 보지 않고 삶을 피상적으로 살아가는 사람은 영혼이 고통받는다. 깊이 바라보면 이해하게 되고, 이해하면 사랑하게 된다. 우리에게는 오직 하나의 질문만이 있을 뿐이다. '세상을 사랑하는가?' 사랑하는 사람은 그냥 지나치지 않는다.

때로는 우회로가 지름길이다. 삶이 우리를 우회로로 데려가고, 그 우회로가 뜻밖의 선물과 예상하지 못한 만남을 안겨 준다. 그 길이야말로 제대로 가고 있는 것일 수 있다. 헤매는 것 같아 보여도 목적지에 도달해서 보면 그 길이 지름길이자 유일한 길이다. 우리가 할 일은 찾고, 찾아서, 나아가는 것뿐이다.

혼자 걷는 길은 없다

_ 영혼의 동반자들과 함께

동양의 절에서 오랫동안 명상 수행을 한 서양 여성이 미국 샌프란시스코 인근에 작은 선원을 열었다. 그녀의 이름이나 선원의 존재가 알려지지 않았기 때문에 수행 공간은 늘 텅 비어 있기 일쑤였다. 그녀는 서른 개의 방석이 놓인 선방 맨 앞에 앉아 날마다 혼자서 좌선을 했다. 지역 신문이나 명상 잡지 등에 광고를 낼 만도 했지만 그녀는 어떤 홍보도 마다했으며, 손글씨로 써서 입구에 내건 선원 표지판도 작아서 찾아오는 이가 거의 없었다. 그녀 혼자 빈 방석들을 향하고 앉아 아침저녁으로 두세 시간씩 명상을 할 뿐이었다.

반 년 넘게 상황을 지켜본 그녀의 친구가 하루는 그녀에게 말했다.

"아무도 찾아오지 않는데 그렇게 오랫동안 혼자 좌선을 하는 것이 힘들지 않아?"

그러자 그녀는 뜻밖의 대답을 했다.

"무슨 말을 하는 거야? 난 지금까지 한 번도 혼자서 좌선을 한 적이 없어."

영문을 몰라 하는 친구에게 선원장인 그녀는 미소 지으며 설명했다.

"내가 앉아서 명상을 할 때면 전 세계의 모든 명상 수행자들이 내 앞에 앉아 나와 함께 명상을 하지. 과거와 현재의 모든 수행자들이 다 모이기 때문에 이 선원이 비좁을 정도야. 우리는 함께 호흡을 관찰하고 함께 명상을 해. 모든 수행자들은 시공간을 초월해 정신적으로 함께 연결되어 있어. 따라서 나는 한 번도 외롭게 명상을 한 적이 없어."

실제로 그녀는 그런 정신적 연결 속에서 흔들림 없이 좌선을 이어갔으며, 얼마 안 가 하나둘씩 사람들이 찾아와 방석에 앉았다. 이윽고 빈 방석이 모두 채워졌으며, 그 선원은 샌프란시스코의 유명한 명상 센터가 되었다.

혼자 걷는 길은 없다. 당신이 지금 무슨 일을 하고 어떤 여행을 하든 과거에 그 길을 걸었던 모든 사람, 현재 걷고 있는 모든 사람이 정신적으로 연결되어 당신과 함께한다. 당신은 그 모두와 함께 걷고 있는 것이다. 이것이 우주의 법칙이다. 같은 파동끼리 연결되기 때문이다. 우주 안에서는 어떤 에너지도 사라짐 없이 보존된다.

명상 서적을 번역할 때 나는 책의 저자가 내 옆에 앉아 함께 번역한다고 느낀다. 생존한 저자이든 작고한 저자이든 그의 영혼 혹은 의식체가 내 방에 와서 함께 일하는 것이다. 그런 참여가 원활히 이루어질 때 번역 작업이 훨씬 수월하다. 만약 오로지 나 혼자서, 나만의 힘으로 번역한다고 생각했다면 나의 부족한 외국어 실력으로는 많은 작업이 불가능했을 것이다. 문장이 난해해 어려울 때는 시공간을 초월해 저자가 그 의미를 설명해 주기까지 한다. 특히 시를 번역할 때는 시인의 협조 없이는 옳은 단어를 떠올리기 어렵다. 나아가 지금까지 번역 일을 해 온 모든 존재들이 내 곁에 와서 같이 고민하고 도움을 준다. 나 자신은 그들의 협력에 의해 일이 이루어지는 하나의 통로에 불과한 것이 아닌가 하는 생각이 들 때도 있다. 이것이 나의 작업 비밀이다.

인도, 네팔, 티베트의 낯선 장소들을 여행할 때도 나는 혼자가 아니었다. 나 이전에 그 길을 여행한 모든 존재들이 내 옆에서 나와 함께 여행했다. 나는 마음을 열고 그들의 안내에 따랐다. 그러면 두려움이 사라지고 길이 열렸다. 그때 나는 더 강하고, 동시에 더없이 수용적이 된다. 거부하고 고립될 때 우리는 약해진다. 나는 의식을 넓혀 미래에 이 장소를 여행할 존재들도 지금 나와 함께 방향을 모색하고 있다고 상상하곤 한다. 그러면 여행이 더할 나위 없이 즐겁다. '혼자'라고 여기면 눈에 보이지 않는 협력자들과의 교류가 차단되었다. 눈에 보이는 세계에만 의존하면 그만큼 제한된 힘을 사용하게 된다.

뜨거운 라자스탄 사막에서도, 눈보라 치던 묵티나트 산정에서도, 바라나시의 뒷골목 찻집에서도, 시작 노트에 얼굴을 묻고 잠들던 게스트하우스 골방에서도 나는 혼자가 아니었다. 보이지 않는 존재들이 언제나 함께하고 내 고독을 채워 주었다.

생각해 보라. 당신이 그림을 그릴 때 고흐, 모네, 이중섭 등의 대화가들이, 혹은 당신과 파장이 맞는 예술가들의 영혼이 나타나 당신을 돕는다면 멋지지 않겠는가? 당신이 눈을 감고 앉아 명상을 할 때 크리슈나무르티, 오쇼, 라마나 마하리시, 틱낫한 등이 옆에서 함께 명상을 한다면.

어떤 이는 오체투지 수행을 시작하면 달라이 라마가 자신의 왼편에서 함께 오체투지를 하는 것이 느껴진다고 했다. 그때 한없이 자비롭고 따뜻한 에너지가 느껴지고 자신은 어린아이처럼 달라이 라마의 응원을 받으며 오체투지를 한다는 것이다. 그러다 보면 자신의 오른편과 뒤편에서도 수많은 수행자들이 동작을 맞춰 함께 오체투지를 하는 장엄한 장면이 연출된다고 했다.

이것은 전혀 과장이 아니다. 모든 행위는 고유한 파장이 있고, 그 파장과 일치하는 존재들이 있다. 그렇기 때문에 우리는 변화하고 성장할 수 있다. 아무리 어둔 길이라도 혼자 걷는 길은 없다. 혼자라고 믿는다면, 자신을 도우러 오는 수많은 존재들을 외면하는 것이다. 그러면 시공간을 초월한 협력의 즐거움을 누릴 수 없다. 인생은 혼자 걷는 길이라고 말하지만, 어떤 경우에도 이 세상 안에서는 혼자 내던져지는 법이 없다. 단지 우리가 혼자라고 믿는 것일 뿐이다.

내가 지금 걸어가는 이 길, 누군가는 그 길을 걸었으며, 지금도 누군가는 나처럼 그 길을 걷고 있고, 또 누군가는 그 길을 걸어갈 것이다. 그것만으로도 우리는 혼자가 아니다.

시인 에밀리 디킨슨은 매사추세츠 주 앰허스트라는 작은 마을에서 태어나 시를 쓰기 위해 사람들을 만나지 않고 평생을 집에 은둔했다. 작품을 거의 발표하지도 않는 비사회적인 시골 여성이었다. 그러나 그녀는 시를 쓸 때마다 자신이 세상의 모든 시인들과 함께 있다고 생각했다. 그리고 다른 시인들을 '영혼의 가장 가까운 친구들' 혹은 '책꽂이에 있는 동족'이라 여겼다. 따라서 시를 쓸 때 그녀는 전혀 고독하지 않았다. 사후에 시가 발견되어 그녀는 19세기 최고의 시인으로 자리 잡았다.

자신이 분리된 존재라고 믿는 것은 실제로는 우리의 고정된 생각과 관념, 제한적인 지각 작용이 만들어 내는 환상일 뿐이다. 그것이 존재에 대한 가장 큰 오해이다. 우리가 우리의 큰 의식과 접촉하기 시작하면 그 순간 개인의 영역을 뛰어넘는다. 그때 우리는 시공간을 넘어 동일한 파동을 지닌 존재들과 연결된다.

부처가 명상을 할 때 과거, 현재, 미래의 모든 부처들이 와서 함께 명상한다는 말의 의미가 그것이다. 당신이 지금 무슨 일을 하고 있고 어떤 길을 걷고 있든지, 혼자 힘겹게 하고 있다고 생각하지 말라. 아무도 모르는 비밀 통로가, 당신 자신마저 알지 못하는 연결 통로가 거기에 있다. 그 통로를 통해 당신은 그 일과 관련된 과거, 현재, 미래의 존재들과 연결된다. 내가 여기에 앉아 있다는 것은 시공간을 넘어 동일한 파동으로 나와 연결된 모든 존재들과 함께 앉아 있는 것이다.

그대에게 가는 먼 길

_ 신은 길을 보여 주기 위해 길을 잃게 한다

15년 전 겨울, 뉴욕에 머물고 있던 나는 자연주의 사상가 헨리 데이비드 소로가 숲 속 생활을 실천한 월든 호수를 보러 가기 위해 이른 아침 보스턴 행 기차를 탔다. 지도를 가지고 있었지만 초행길이라 앞좌석에 앉은 백인에게 월든 호수가 위치한 콩코드 시로 가는 방법을 물었다.

남자는 호수에 대해선 알지 못하지만 보스턴 기차역 바로 옆 시외버스 터미널로 가면 콩코드 행 버스가 있다고 친절하게 알려 주었다. 보스턴 역에 도착한 나는 그의 설명대로 버스 타는 곳을 금방 발견할 수 있었고, 다행히 시간마다 버스가 있어서 얼마 기다리지 않아 콩코드 행 차에 올라탔다.

그날따라 폭설이 퍼부어 눈 많기로 유명한 미 동북부 지역의 겨울을 실감나게 했다. 하얀 눈발이 시야를 가리고 나무도 숲도 온통 흰 세상이었다. 그런데 30분 거리라고 알고 있던 콩코드는 세 시간 넘게 눈보라 속을 달려도 나타날 생각을 하지 않았다. 눈길이라서 버스가 느리게 간다는 사실을 감안한다 해도 불길한 느낌을 지울 수 없었다.

마침내 커다랗게 적힌 콩코드 표지판과 함께 버스는 종점에 도착했는데, 차에서 내린 내 앞에 펼쳐진 것은 끝없는 설원뿐이었다. 나는 터미널 사무실로 가서 월든 호수 가는 길을 물었고, 여러 사람들이 몰려와 토론을 벌인 끝에, 나는 보스턴 시에 인접한 매사추세츠 주의 콩코드라는 작은 마을로 가야 했는데 훨씬 멀리 떨어진 북쪽 뉴햄프셔 주의 주도인 콩코드 시로 잘못 왔음이 밝혀졌다. 어처구니없는 실수였다.

버스 회사에서는 가엾은 동양인 여행자를 배려해 차비도 받지 않고 보스턴으로 돌아가는 버스에 도로 태워 주었다. 다시 세 시간 넘게 눈폭풍 속을 달려 보스턴에 도착했을 때는 이미 날이 뉘엿뉘엿 저물고 있었다. '진짜 콩코드'에서 숙소를 발견할 수 있을지 없을지 모르는 일이어서 잠시 망설였지만, 다음날로 미루면 기회를 놓칠 것 같아 서둘러 택시를 잡아타고 호수로 향했다.

이번에는 정말로 30분도 안 걸려 정확한 목적지에 도착했다. 눈앞에 나타난 호수는 생각했던 것보다 컸다. 옅은 저녁빛에 잠긴 얼어붙은 수면과 낙엽 진 겨울나무들이 나를 맞이했다. 하버드대학을 졸업한 소로가 모두들 성공을 향해 달려가던 시대에 물질문명을 거부하고 홀로 자신의 노동에 의지하면서 통나무집을 짓고 산 곳, 19세기의 경전이라 불리는 『월든』을 집필한 곳에 마침내 서게 되자 감동이 밀려왔다.

그러는 사이 택시는 눈보라 속으로 사라지고, 나는 더 어두워지기 전에 눈 덮인 호수를 한 바퀴 돌기 위해 걸음을 옮겼다. 겨울 저녁이라서 인적이 거의 끊겨 있었다. 그런데 산책로 중간에서 한 백인 노인과 마주쳤다. 그는 오솔길 모퉁이에서 갑자기 나타난 장발의 동양인을 보고 놀란 표정을 지었고, 우리는 자연스레 인사를 교환하게 되었다.

그는 소로의 책을 읽고 40년 전에 콩코드로 이사 와서 자연주의 사상을 실천하며 살고 있는 사람이었다. 우리는 날이 완전히 어두워질 때까지 그렇게 둘레길을 돌며 월든 호수와 소로에 대한 얘기를 주고받았다. 그리고 계획에도 없이 그의 집에 초대받아 저녁을 대접받았다. 우리는 밤 늦도록 삶에 대해 많은 대화를 나누었다.

이튿날 나는 그의 안내를 받으며 새로 복원된 소로의 오두막과 소로의 스승 에머슨의 생가도 방문했다. 그리고 소로의 무덤 옆에 나란히 있는 『큰바위 얼굴』과 『주홍글씨』의 저자 나다니엘 호손과 『작은 아씨들』을 쓴 루이자 메이 알코트의 묘지에도 꽃 한 송이씩을 바쳤다. 콩코드는 작은 마을이지만 위대한 사상가와 문인들을 많이 배출한 곳이며, 현재도 200여 명의 작가들이 살고 있다.

그렇게 며칠 동안 나는 그의 집에 머물며 아침저녁으로 함께 월든 호수를 산책했다. 나이 차이를 뛰어넘어 우리는 서로를 깊이 이해하는 친구가 되었다. 그는 나를 우연한 방문객 이상으로 대했다. 암으로 투병 중이었지만 소로와 월든 호수의 영향을 받아 정신과 영혼이 투명해진 사람이었다.

만약 그날 엉뚱한 콩코드 시로 가는 실수를 저지르지 않고 곧바로 월든 호수에 갔다면, 나는 그와 마주치지 못했을 것이다. 내마음에 남아 있는 한 아름다운 영혼을 만나는 행운을 얻지 못했을 것이다. 겉으로 보면 그날 나는 먼 길을 빙 돌아서 월든 호수로 갔지만, 실제로는 그것이 그와의 만남을 향해 가는 지름길이었다. 우리는 그렇게 많은 길을 돌아 기적처럼 어떤 목적지, 혹은 어떤 사람에게 도착한다.

때로는 우회로가 지름길이다. 삶이 우리를 우회로로 데려가고, 그 우회로가 뜻밖의 선물과 예상하지 못한 만남을 안겨 준다. 먼길을 돌아 '곧바로' 목적지로 가는 것, 그것이 여행의 신비이고 삶의 이야기이다. 방황하지 않고 직선으로 가는 길은 과정의 즐거움과 이야기를 놓친다. 많은 길을 돌고 때로는 불필요하게 우회하지만, 그 길이야말로 제대로 가고 있는 것일 수 있다. 헤매는 것 같아 보여도 목적지에 도달해서 보면 그 길이 지름길이자 유일한 길이다.

길들이 자세히 표시된 지도를 가끔은 접어야 하는 이유가 그 것이다. 길을 잘못 접어들어 들르게 된 가게에서 마음에 드는 물건을 발견하는 것은 자주 있는 일이다. 잘못 탄 기차가 목적지에 데려다 줄 수도 있는 것처럼. 신은 우리에게 길을 보여 주기 위해 때로는 길을 잃게 한다.

월든 호수로 가는 길이 그러했듯이, 가까이 있는 것을 찾기 위해 멀리 떠나야 할 때가 있다. 시인 루미는 말한다. '나는 많은 길을 돌아서 그대에게로 갔지만, 그것이 그대에게로 가는 직선 거리였다.' 타고르도 '당신에게로 가는 가장 먼 길이 가장 가까운 길입니다.'라고 노래했다.

비전 퀘스트

_ 삶은, 안전지대를 벗어나는 순간 시작된다

북아메리카 원주민들이 성인이 되기 위해 행한 통과의례를 비전 퀘스트Vision Quest라고 부른다. 라코타 수우 족 언어로는 헴블레체야로, 헴블레체야는 '꿈을 요청하는 외침'이라는 뜻이다. 영적 세계의 안내를 받아 삶의 비전을 발견하는 여행이다.

여러 부족에게 공통적으로 있던 이 통과의례는 '산에 오르기'로도 불린다. 때가 되면 아이는 땀천막(일종의 한증막으로, 인디언들은 '정화의 천막'이라 부른다) 안에서 세이지 향으로 몸을 정화한 뒤 혼자 산 정상에 오른다. 그곳에서 몇 개의 돌들로 둥근 원을 만들고, 그 원 안에 책상다리를 하고 앉아서 잠도 자지 않고 움직이지도 않는다. 물도 없이 며칠 동안 금식하며 '위대한 신비'(북미 인디언들이 절대자를 부르는 이름)와 마주한다. 침묵 속에서 신의 계시를 기다리는 것이다. 이는 아이에게는 어려운 시험이며, 고난을 통해 자기 인생의 주인이 되는 첫걸음이다. 그 보상으로 아이는 자기 삶의 미래에 대한 비전을 얻는다.

크리크 족 인디언 베어 하트(곰의 가슴)는 비전 퀘스트가 자아 발견의 여행이고 영적인 거듭남이라 말한다.

"비전 퀘스트 의식에서 우리는 첫 번째로 '나는 누구인가?'라는 질문을 스스로에게 던진다. 어떤 일에 성공하려면 자신이 누구인가에 대한 확고한 신념이 있어야 한다. 외적 수단으로는 그 답을 얻을 수 없다. 해답은 자기 내부에서 찾아야 한다. 자만심과 부족한 인내심과 두려움은 자기 안의 위대한 신비가 보내는 메시지를 가로막는다."

산 정상에서 오직 대자연과 마주한 아이는 자신이 누구이며, 왜 이 세상에 왔고, 이곳에서 해야 할 일이 무엇인지 답을 달라고 신에게 요청한다. 실제로는 자기 내면의 목소리에 귀를 기울이는 것이다.

비전 탐구 의식에 나선 아이는 아무것도 가지고 갈 수 없다. 아이에서 어른으로의 전환은 그동안 자신을 지배하던 낡은 자아와의 작별을 통해서만 가능하다. 이는 영적 탐구의 시작이며, 자신이 가진 정신적 힘을 시험하는 일이다. 이 용기 있는 의식을 통해 아이는 새로운 눈으로 세상을 바라보기 시작한다. 독립적으로 설 수 있게 되고, 자신에게 주어진 삶의 의미와 중요성을 자각하는 계기가 된다.

비전 탐구 여행을 통해 아이는 자신을 보호하고 안내할 곰, 늑대, 독수리 등 자신만의 수호 동물에 대한 계시를 받는다. 그 동물이 그의 내면에서 평생 동안 그를 보호하고 안내한다. 이는 원시적인 미신이 아니다. 자신이 자연계의 힘과 연결되어 있음을 느끼는 것은 인간 중심의 고독한 삶에 균형을 이루는 중요한 요소이다.

비전 탐구 의식을 마친 아이는 다시 땀천막에서 정화 의식을 치르고 세상 속으로 들어간다. 아메리카 원주민 부족의 아이들은 모두 이 의식을 거쳐 성인이 되었다.

누구나 한 번쯤은 전체적인 시각을 가지고 자신의 삶을 바라볼 때가 있다. 학교를 졸업한 나는 출판사와 잡지사 등 몇 군데 직장을 전전했다. 당장 방세를 내고 생계비를 벌지 않으면 안 되었기 때문에 일을 가릴 형편이 못 되었다. 그러나 자주 회의가 들고, 목적의식을 잃어 가는 자신 때문에 괴로웠다. 먼저 삶의 방향을 확실하게 정하고 싶었다. 내가 진정으로 원하는 것이 무엇인지, 어떤 길로 나아가야 후회 없는 삶을 살 것인지 알고 싶었다. 인생을 표류하고 싶지는 않았다. 마침 어느 출판사로부터 편집장 자리를 제안받은 나는 생각을 정하기 위해 매일 북한산을 올랐다. 배낭에는 물 한 병이 전부였다.

달이 밝은 날은 밤에도 올랐다. 바위가 빛난다는 사실을 그때 처음 알았다. 나무들도 빛이 났다. 어둠 속에서 그 빛이 길을 안내했다. '네가 어둠에 처할 때 사물들이 너를 안내하리라.'라는 말은 사실이었다. 인적이 뜸한 샛길을 따라 올라가다 높은 바위에 앉아 발 아래 세상을 내려다보면 가슴이 트였다. 새로운 시야가 열리면서 내가 가야 할 길이 조금씩 보이기 시작했다. 밤새 산정상에 앉아 있다가 새벽에 내려오면 달라진 자신을 느낄 수 있었다. 세상을 살아갈 힘이 생기고 경제적인 것에 대한 불안도 사라졌다. 물질은 정신을 따라오는 것이라는 확신이 생겼다.

심리학자들의 연구에 따르면, 우리가 내리는 결정들의 80퍼센트는 두려움에 바탕을 둔 것이다. 가슴이 원하는 것이 아니라 두려움 때문에 결정을 내리고 방향을 선택하는 것이다. 두려워하는 마음은 인생의 비전을 차단시킨다. 안전한 길은 큰 기쁨을 주지 못한다.

출판사의 제의를 거절하고 그렇게 한 달 넘게 산을 올랐다. 이십 대 후반, 주위 사람들 눈에는 현실도피로만 보인 그 산행이 훗날 아메리카 인디언들의 세계를 접하면서 나 자신의 비전 퀘스트였음을 알았다. 한 달에 걸친 그 탐구 기간은 이후 흔들림 없이 나의 길을 걸어가는 중요한 바탕이 되었다. 삶을 결정짓는 생각들이 그때 형성되었다.

'마음이 원하는 길을 두려움 없이 걸어가라.'

그것이 내가 나의 비전 퀘스트에서 들은 분명한 음성이었다.

삶의 다음 단계로 들어가기 전에 통과의례의 시간을 갖는 것이 비전 탐구이다. '위대한 신비'가 자신에게 삶의 이유와 목적을 알려줄 때까지 잠시 세상과 단절하고 오직 자기 자신에게 집중하는 것이다. 그것을 통해 자신이 나아갈 길에 대한 확신을 발견할 수 있다. 지금 내가 욕망하는 것이 진정으로 내가 원하는 것인지 아는 일만큼 중요한 것은 없다. 오늘날 서양에서 비전 퀘스트는 생태 체험 프로그램으로 주목받는다. 광활한 대지의 품 안에서 경외감을 느끼고 인생의 방향을 재설정하는 기회이다.

지금의 삶에 갈등하고 문제를 느낀다면, 길이 보이지 않거나 새로운 방향이 필요하다면, 혹은 성장통을 겪고 있다면, 그때가 비전 탐구 여행을 떠나야 할 시기이다. 삶은, 안전지대를 벗어나는 순간 시작된다. 과거의 나와 작별하고 새로운 나를 만나는 일, 안전지대를 떠나 더 큰 비전을 얻는 일이 비전 퀘스트이다.

미국 시인 메리 올리버는 시 「여름날」에서 묻는다.

결국엔 모든 것이 죽지 않는가? 그것도 너무 일찍
내게 말해 보라, 당신의 계획이 무엇인지.
당신의 하나밖에 없는 이 거칠고 소중한 삶을 걸고
당신이 하려는 것이 무엇인지.

웃지 않으면 어떻게 하겠는가

_ 인생을 놀이처럼

　한 서양인이 동남아시아에 여행을 갔다가 삭발을 하고 수행자가 되었다. 그는 숲 속 절에서 생활하며 다른 수행자들과 함께 소형 트럭을 타고 시골길을 이동하곤 했다. 고참 수행자는 트럭 조수석에 앉고, 신참인 그는 현지인 수행자들과 함께 짐칸의 기다란 나무의자에 앉았다. 도로는 대부분 비포장이었으며 곳곳에 움푹 팬 웅덩이들이 많았다. 운전사가 사정없이 차를 몰았기 때문에, 트럭 바퀴가 웅덩이에 걸려 덜컹거릴 때마다 짐칸에 탄 사람들은 위로 솟구치며 지붕을 가로지른 쇠막대에 머리를 세게 부딪치곤 했다. 키가 큰 이 서양인 수행자도 무수히 정수리를 찧어야만 했다.

　머리를 부딪칠 때마다 그는 욕설을 내뱉었다. 물론 현지인들은 알아들을 수 없게 영어로. 삭발을 했기 때문에 충격 완화 장치가 없어서 더욱 아팠다. 그는 매번 맨머리를 문지르며 욕을 해 댔다. 그럴수록 기분이 더 나빠졌다.

그런데 현지인 수행자들은 머리를 부딪칠 때면 서로를 바라보며 웃음을 터뜨리는 것이었다! 서양인 수행자는 이해할 수가 없었다. 쇠막대에 머리를 그토록 세게 부딪쳤는데 어떻게 깔깔거리며 웃을 수 있단 말인가? 아마도 이 사람들은 어렸을 때부터 머리를 너무 많이 부딪쳐서 뇌에 손상을 입은 모양이라고 그는 고개를 저었다.

하지만 그들이 머리를 부딪치고도 별로 아파하지 않았기 때문에 서양인 수행자는 자신도 한번 그렇게 해 봐야겠다는 생각이 들었다. 그래서 다음번에 머리를 부딪쳤을 때, 그는 현지인 수행자들과 함께 소리 내어 웃었다. 그러자 놀라운 사실을 발견했다. 웃으니까 훨씬 덜 아팠다! 욕설을 내뱉고 화를 낼 때보다 통증이 눈에 띄게 줄었다.

이 일화를 읽고 나도 그렇게 해 보기로 했다. 인도와 네팔에서 자주 이용하는 교통수단이 바퀴 셋 달린 오토릭샤인데, 방수천 씌운 천장이 낮고 쇠막대들이 가로질러 있어서 도로 사정이 좋지 않은 곳에서는 난폭 운전 탓에 머리를 부딪치기 일쑤이다. 여행자들은 누구나 경험하는 일인데, 나는 키가 커서 더 자주 부딪쳤다. 어떤 때는 너무 아파서 영혼이 육체를 이탈할 것만 같았다.

그런데 그럴 때마다 큰 소리로 웃자 정말로 통증이 한결 줄었다! 그리고 한 가지 더 중요한 점이 있었다. 웃으니까 아픔이 더 빨리 잊혀졌다. 마음에 품고 다니며 곱씹지 않게 되었다. 웃고 잊어버릴 수 있었다. 옻이 올랐을 때 긁으면 가려움이 해소되기는커녕 옻나무의 독이 더 퍼진다.

전에는 운전사에게 조심하라고 소리를 지르고 화를 냈었다. 그런데 머리를 찧을 때마다 내가 웃음을 터뜨리자 릭샤 운전사도 웃고 함께 탄 사람들도 웃었다. 그렇게 모두가 웃자 통증이 그다지 크게 느껴지지 않았다.

또 한 가지 중요한 것이 있었다. 사실 운전사는 가난하고 부양할 가족이 많았으며, 릭샤도 자기 소유가 아니었다. 만약 내가 화를 내면, 그 릭샤 운전사는 집에 가서 자신의 아내나 아이들에게 화를 낼 것이다. 그러면 그 아내와 아이들도 무의식적으로 더 자주 화를 내게 될 것이고, 세상에는 그렇게 화의 물결이 번져 나갈 것이다. 그리고 그 물결은 다시 나에게 파급될 것이다. 그러나 내가 크게 웃으면, 릭샤 운전사도 가족들에게 더 자주 웃을 것이다. 가난한 처지에도 웃음을 잃지 않을 것이다. 그 웃음의 동심원은 물가에 서 있는 나의 입가까지 번질 것이다. 내가 웃으면 나와 관계없는, 내가 모르는 세상의 다른 장소에서도 웃는 사람이 많아진다. '나비 효과'는 나의 행위가 멀리 있는 타인에게 영향을 미칠 뿐 아니라 다시 나 자신에게로 돌아온다는 의미이다.

웃음이 통증을 완화시킨다는 것은 과학적으로 입증된 사실이다. 웃음은 모르핀보다 몇 배나 진통 효과가 큰 뇌내 모르핀을 분비시키고, 기분이 좋아지게 만들며, 폐 깊은 곳까지 산소가 공급되게 한다. 또 웃을 때는 폐와 심장이 두 배나 빨라져서 유산소 운동이 일어난다. 10분 웃으면 2시간 동안의 마취 효과가 있다는 연구 보고도 있다. 인체 오라 측정에서도 웃음 수련 후에는 어두웠던 색깔이 밝게 변했으며, 웃음 수련을 하는 사람들의 옆에 서 있던 관찰자의 오라도 함께 변화했다.

영국 BBC 방송에서는 자신이 불행하다고 생각하는 사람들을 모아, 즐거운 일이 없어도 집에서 거울을 보며 웃게 했다. 그렇게 6개월 동안 실험하면서 그들의 생활을 추적했는데, 참가자들의 행복 지수가 눈에 띄게 높아진 것을 발견했다.

웃지 않으면 어떻게 하겠는가? 부딪치고 아플 때마다 울어야 하는가? 슬픈 일을 겪고 억울하게 비난받을 때마다 분노해야 하는가? 그렇게 한다고 달라지는 것이 무엇인가? '백단향 나무로만 된 숲은 없다'는 인도 속담이 있다. 백단향은 최고의 향나무이다. 그런 나무만 있는 숲은 존재하지 않는다는 것이다. 상처 입지 않는 영혼은 없다. 신은 자신의 피조물들에 대해 웃지 않는다고 한다. 피조물들과 '함께' 웃는다는 것이다.

내가 좋아하는 이야기가 있다. 유대교 신비주의 종파인 하시디즘의 현인들이 전하는 바에 따르면, 사람이 죽으면 이 세상에 살면서 만났던 사람들과 언젠가는 다시 전부 한자리에 모인다는 것이다. 모두 죽어서 영혼 상태가 된 그들은 하늘의 풀밭 어딘가에 둥글게 원을 그리고 앉아, 살면서 자신들에게 일어났던 일들을 회상한다. 그런데 이때 지난 일들에 대해 이야기하면서 모두가 배꼽을 잡고 웃는다고 한다. 이렇게 언젠가는 모두가 죽을 운명인데 그것을 잊고 사소한 일에 흥분하고 화를 냈다는 것이다. 영원히 살 것처럼 싸우고 집착했다는 것이다. 삶이 놀이라는 것을 잊고 너무 심각했던 것이다. 그렇게 이 세상에서의 삶을 돌아보며 다들 한바탕 웃는다고 한다.

이런 배움을 얻지 못한 영혼은 다시 같은 수업을 반복해야만 한다고 하시디즘의 현인들은 말한다. 우리 모두는 지금 그 수업을 또다시 '심각하게' 받고 있는 중이다.

나의 노래는

_ 잘못 산 인생은 없다

아프리카 동부의 어느 부족은 아이의 생일을 정하는 그들만의 방식을 가지고 있다. 그들은 아이가 태어난 날이나 잉태된 날이 아니라 어머니의 마음속에 그 아이에 대한 생각이 맨 처음 떠오른 날을 생일로 정한다고 한다. 그날로부터 아이의 인생이 시작된다고 믿기 때문이다. 어머니의 자궁이 아니라 어머니의 마음속에 최초로 잉태된 날이 이 부족 사람들의 생일인 것이다.

아이에 대한 생각이 마음속에 자리 잡으면 부족의 여인은 마을을 벗어나 숲의 나무 아래 가서 앉는다. 그리고 자신에게서 태어나기를 원하는 아이의 노래가 들릴 때까지 그곳에서 기도하고 명상한다. 모든 영혼은 자신만의 노래를 가지고 있다고 이 부족은 믿는다.

여인은 최소한의 물과 음식에 의지하며 며칠씩 기다린다. 마침내 미지의 세계로부터 아이의 노래가 들려오면 여인은 마을로 돌아와 사실을 전하고, 부족 사람들에게 그 노래를 들려준다. 그러면 부족 사람들은 함께 그 노래를 부른다. 그렇게 해서 아이의 영혼은 자신이 이 세상에 행복하게 초대받았음을 느낀다.

여인은 아이의 아버지가 될 남자에게도 그 노래를 가르쳐 주고 그와 잠자리를 갖기 전에 함께 노래를 부른다. 아이가 태어나기 전부터 아이의 노래는 이렇듯 중요한 의미를 갖는다. 노래는 아이의 존재 자체이다.

이 부족 사람들에게는 자신만의 노래를 갖지 않은 사람은 세상에 존재하지 않는 것과 같다. 그 노래는 그가 평생 지니고 다녀야 할 본연의 자기 존재와 같으며, 사람마다 노래가 다르고 독특하다. 이 세상에 오는 이유와 목적이 각자 다른 것처럼.

마침내 아이를 잉태하면 어머니는 뱃속의 아이에게 그 노래를 들려준다. 그리고 아이가 엄마 뱃속에 있는 열 달 동안 부족의 여인들은 계속해서 아이의 노래를 부른다. 아이가 태어날 때도 산모 주위에 앉아 그 노래를 불러 세상에 처음 얼굴 내미는 아이를 맞이한다. 아이는 자신의 노래가 불려지는 가운데 세상과 첫 대면을 하는 것이다.

이 부족에게 노래가 갖는 의미는 더할 나위 없이 크다. 태어나기 전부터 자신의 노래를 통해 마을 사람 전체와 연결되며, 그 노래가 있기 때문에 고독한 개인으로 존재하지 않는다. 공동체 사람들 모두 그의 노래를 알고 있기 때문에 그를 무시하거나 함부로 대하지 않는다. 자신의 노래를 갖는다는 것은 그만큼 중요한 일이다. 누구의 노래와도 같지 않은 자신만의 노래를 가짐으로써 아이는 스스로를 가치 있는 인간으로 여긴다.

아이가 다치거나 몸이 아플 때도 부족 사람들은 아이의 노래를 불러 준다. 훌륭한 일을 해냈든지 성년 의식을 치를 때, 혹은 결혼식과 먼 여행 등 인생의 중요한 일이 있을 때에도 잊지 않고 그 노래를 불러 준다. 심지어 그가 죄를 짓거나 반사회적인 행동을 했을 때도 그를 마을 한가운데 세워 놓고 그의 노래를 불러 준다. 그가 잊어버린 자신의 노래를 들려주는 것이 그를 바로잡는 길이라 믿기 때문이다. 한 영혼을 위해 조건 없이 노래를 불러 주어 그의 정체성, 그가 세상에 온 이유를 기억하게 하는 의식이다. 그 사람의 노래에 귀 기울이고, 그가 그 노래를 부를 수 있게 해 주고, 그가 그 노래를 잊었을 때 그에게 그 노래를 들려주는 것이 사랑이다.

자기만의 노래는 삶에서 어려운 상황에 처하거나 시련을 만났을 때 의지가 되어 주고, 자신이 혼자라고 느낄 때도 주위 세상과 연결되어 있음을 깨닫게 한다. 자신이 부족하다고 느낄 때 그 노래가 자신의 아름다움을 일깨우고, 마음이 부서졌을 때 온전하게 돌아오게 한다. 자신의 노래를 가진 사람은 그 노래를 통해 세상과 연결된다.

마침내 그가 삶을 다 살고 임종의 자리에 누우면, 부족 전체가 모여 마지막으로 그의 노래를 불러 준다. 태어날 때와 마찬가지로 세상과 작별할 때도 자신의 노래를 들으며 떠나는 것이다. 그렇게 해서 그는 자기가 떠나온 혼들의 세계로 따뜻한 환영을 받으며 돌아간다. 부족의 혼들도 그의 노래를 부르며 그를 맞이할 것이다. 그때 죽음은 두렵지 않다. 살아서나 죽어서나 그는 하나의 노래를 통해 모두와 연결되기 때문이다.

　이 아프리카 부족이 실제로 존재하는가의 여부와 상관없이, 각각의 존재는 존재계가 부르는 노래이다. 신은 우리에게 각자의 노래를 주었으며, 모든 인간은 자신만의 노래를 갖고 태어난다. 다만 어느 시점에선가 그 노래를 잊어버릴 뿐이다. 자신의 노래를 부르며 가고 있다면 그 길은 옳은 길이다. 남들과 다른 박자와 어긋난 리듬이 그 노래를 독특한 곡으로 만든다.

아름다움이란 무엇인가

_동굴 속 여인의 일화

아름다움이란 무엇인가? 미의 정의는 무엇이고, 미와 추를 구분하는 기준은 무엇인가? 무엇을 진정한 미라 할 수 있는가?

아름다움에 대해 알고 싶어 한 남자가 있었다. 그는 아름다움의 의미를 알기 위해 세상 곳곳을 여행했으나 어디서도 만족스러운 해답을 얻을 수 없었다. 철학자와 종교인들은 추상적인 답변만 들려줄 뿐이었다. 마침내 그는 지혜로운 현자들이 산다는 히말라야로 발길을 향하게 되었고, 그곳의 어느 동굴에 아름다움의 의미를 가장 잘 설명할 수 있는 사람이 살고 있다는 이야기를 들었다. 며칠 동안 험한 산길과 바위를 오른 끝에 남자는 높은 산정에 위치한 동굴 입구에 도착했다.

동굴은 어두워서 안이 들여다보이지 않았다. 남자가 동굴 안을 향해 소리치자 뜻밖에도 늙은 여인의 목소리가 들렸다.

"무엇을 원하는가?"

아름다움의 의미를 알기 위해 찾아왔다고 말하자 여인은 그를 동굴 안으로 초대했다. 사람들이 말한 현자는 늙은 여인이었다. 여인은 남자의 질문에 열정적으로 답했고, 그곳에서 그는 며칠 동안 생활하며 그녀로부터 아름다움의 본질에 대한 모든 강의를 들을 수 있었다. 미의 개념과 정의, 미를 식별하는 법, 역사 속 미에 관한 다양한 이론 등 여인은 자신이 가진 지식 전체를 그에게 전수했다.

그런데 동굴 속 어둠에 차츰 눈이 익숙해진 남자는 어느 날 지금까지 봐 온 어떤 여성보다 추한 몰골을 한 그녀의 모습을 보고 놀라움을 감출 수 없었다. 희미한 불 앞에 웅크린 그녀의 얼굴은 습기 찬 동굴 탓인지 온통 사마귀투성이인 데다 제멋대로 자란 덧니가 입술 밖으로 삐져나와 있었다. 동굴 안의 퀴퀴한 냄새도 그녀의 불행한 체취가 밴 것이었다. 등은 굽고, 눈동자는 공허하고, 이마는 주름으로 가득했다. 오랫동안 감지 않아 머리카락도 마구 헝클어져 있었다.

어두운 동굴 안에는 그녀의 모습을 비춰 볼 거울이 전무했다. 모닥불 불빛으로 인해 동굴 벽에 비친 그녀의 그림자가 전부였다. 그 그림자는 그녀의 실제 모습과 달리 신비로웠고, 여인은 자신의 손짓과 동작이 연출하는 그 아름다운 그림자에 매료된 듯했다.

아름다움에 관한 그녀의 지식은 모든 면에서 완벽에 가까웠다. 다만 그녀가 말할 수 없이 추한 모습이라는 사실이 슬프고 안타까울 따름이었다.

마침내 떠날 시간이 되었을 때, 그녀의 아낌없는 가르침에 고마움을 느낀 남자는 그녀에게 물었다.

"그동안의 가르침에 무엇으로 보답하면 될까요?"

그녀가 말했다.

"나를 위해 그대가 해 줄 수 있는 것은 오직 이 한 가지뿐이다. 세상으로 돌아가서 나에 대해 말할 때, 내가 매우 젊고 아름다운 모습이라고 말해 달라."

진실은 때로 그 뒤에 추한 거짓을 감추고 있다. 동굴 속 여인이 아름다움에 대해 말하지만 실체는 추한 몰골인 것처럼, 진리와 정의에 대해 완벽한 논리를 전개하지만 우리의 실제 모습은 그것과 거리가 멀 때가 많다.

작가인 나는 어떠한가? 내가 글에 담으려고 노력하는 아름다움과 나 자신의 아름다움은 얼마나 일치하는가? 인간적인 불완전함은 제외하더라도 내가 말하는 진리들이 나의 행동에서 스며나오기를 나는 바란다. 글에 표현된 내가 본연의 나를 능가하지 않기를, 빛도 들어오지 않는 동굴 속이 아니라 푸른 하늘 아래서 인생을 이야기할 수 있기를, 그리고 나는 충분히 나 자신이기를 희망한다.

삶이 말을 걸어올 때 우리는 답할 수 있어야 한다. 자신의 이야기를. 타인의 정답이 아니라 자신의 정답을.

행복 또한 마찬가지이다. 우리는 행복에 이르는 길, 행복의 조건, 행복의 비밀에 관한 강의를 듣고 책들을 읽는다. 언제든 행복할 수 있다는 것도 안다. 부족함에서 행복을 찾아야 한다는 것과 삶이 베푸는 것에 자주 감탄하고 몰입해야 한다는 것도 잘 안다. 풀꽃 한 송이, 봄 햇살, 차 한 잔에서 감사와 행복을 발견할수 있다는 것도. 그러나 그것들은 우리가 외면하는 우선 순위에 드는 것들이다. 현실 세계로부터 고립되어 논리만이 지배하는 세계에 갇혀 자기 목소리의 메아리에 도취한 동굴 속 여인은 우리의 자화상인지도 모른다.

여행은 '얼마나 좋은 곳'을 갔는가가 아니라 그곳에서 누구를 만나고 얼마나 자주 그
장소에 가슴을 갖다 대었는가이다. 중요한 것은 마음으로 보아야 하며, 그것에는 시간
이 걸린다. 세상에는 시간을 쏟아 사랑하지 않으면 알 수 없는 신비가 너무 많다. 가고,
또 가고, 또다시 가라. 그러면 장소가 비로소 속살을 보여 줄 것이다.

장소는 쉽게 속살을 보여 주지 않는다

_ 사랑하면 다가오는 것들

월든 호수에 처음 갔을 때 그곳의 평범함과 일상성에 실망했다. 겨울 저녁이었는데, 단단히 언 호수 한복판에서 덩치 큰 남자 몇 명이 굉음을 울리며 전기톱으로 구멍을 뚫어 얼음낚시 채비를 하고 있었다. 호수 옆 도로에는 차들이 내달리고, 소로의 오두막이 있던 자리는 돌무더기와 알림판이 전부였다. 소로와 관련된 책과 기념품 파는 가게가 있어서 그나마 다행이었다.

소로의 정신을 느끼기 위해 먼 길을 간 나로서는 조금 당혹스러웠다. '나는 자유의지대로 살기 위해 숲 속에 왔다. 삶의 본질적인 문제들만 마주하면서 삶이 아닌 것은 모두 엎어 버리기를 원했다.'라는 그의 선언이 무색할 만큼 월든은 어디서나 볼 수 있는 평범한 호수였다.

영적 스승 크리슈나무르티가 말년을 보낸 캘리포니아의 오하이밸리도 동일했다. 그가 『마지막 일기*Krishnamurti to Himself: His Last Journal*』에서 명상적으로 묘사한 오렌지 과수원들과 석양은 영적 기운과는 거리가 먼, 그저 흔한 풍경이었다. 고급 상점들이 시내 중심을 차지하고, 관광지여서 물가가 비쌌으며, 저녁이면 부자들이 차를 몰고 레스토랑으로 쏟아져 나오는 동네였다. 캘리포니아의 대표적인 명상 마을이라는 간판이 어울리지 않았다.

'꽃마을'로 소문난 북인도 라다크의 시골 브록파에 갔을 때는 실망이 더 컸다. 다큐멘터리에서 감동적으로 본, 형형색색의 꽃들 사이에서 전통의상을 입고 머리에 꽃을 꽂고 살아가는 사람들, 돈보다도 꽃을 더 소중히 여기는 마을을 직접 보기 위해 4천 미터 높이의 고지대로 갔건만 실상은 너무나 달랐다. 전통 옷을 입은 사람은 할머니 두세 명이 전부였으며, 머리에 꽃을 꽂기는 커녕 꽃을 든 사람조차 없었다. 다큐멘터리는 잘 각색된 허구에 불과했다.

무엇보다 내 기대를 무너뜨린 곳은 인도였다. 처음 인도에 갔을 때의 일들을 아직도 기억한다. 자정 넘어 도착한 뭄바이 공항에서 나를 맞이한 것은 지혜로 충만한 현자들이 아니라 사기꾼 운전사들과 헐벗은 걸인들이었다. 상인들은 가는 곳마다 바가지를 씌우고, 명상 센터는 입장료부터 요구했다. 영적인 나라의 모습은 어디에도 없었다. 그저 물질적이고 혼탁한 나라였다. 진리의 가르침을 귀동냥하기 위해 가진 돈을 다 털어 여행 온 나 자신이 한심스러웠다.

초기의 나의 여행은 이런 실망감의 연속이었다. 현실은 내가 상상했던 것과 너무나 거리가 멀었다. 종교 성지는 호객꾼들로 가득하고, 성자의 동굴을 상상한 히말라야 트레킹은 게스트하우스와 식당들 사이를 이어달리는 극기 훈련이었다. 사두(힌두 탁발승)들은 세수조차 하지 않는 현실도피자들이었으며, 사원들은 욕심 많은 성직자들의 장터였다.

그때는 몰랐던 것이다. 장소는 자신의 속살을 쉽게 보여 주지 않는다는 것을.

장소들은 본래의 모습을 쉬이 드러내지 않는다. 여행자는 며칠 만에 장소가 가진 신비에 접근할 수 있으리라고 믿고 먼 길을 찾아가지만 그것은 그의 착각일 뿐이다. 오랜 수고와 노력을 기울이지 않으면 장소는 자신의 진정한 얼굴을 보여 주지 않는다. 낯선 이의 발자국 소리가 들리면 장소의 요정들은 재빨리 모습을 감춘다.

그래서 현명한 체하는 조언자들은 신비주의에 현혹되지 말라고 경고한다. '갠지스 강은 영감 충만한 곳이 아니라 똥물이며, 시체 소각장 때문에 해로운 연기가 자욱하다. 소를 숭배하는 문화라서 지천에 널린 소똥을 피해 다녀야 한다. 느긋한 국민성 탓에 기차는 대여섯 시간 연착하는 게 보통이고, 매 순간 사기꾼들을 경계해야 한다. 인도에는 카레조차 없다.' 이런 글들이 인도 여행에 대한 흔한 감상평이다.

우리가 장소에 대해 실망하는 것은 아직 그 장소가 가진 혼에 다가가지 못했기 때문이다. 자신의 가슴을 그곳에 갖다 대지 않은 것이다. 아직 자신과 그 장소가 분리되어 있는 것이다. 어느 신전 문의 현판에 적힌 '이곳에 들어오려면 머리를 바쳐야 한다.' 는 지시를 따르지 않은 것이다.

서귀포에 살 때 친구로 지낸 사진작가 김영갑에게서 나는 중요한 것을 배웠다. 어느 평론가도 썼듯이 그는 365일 눈이 오나 비가 오나 오름에 올랐다. 앉아서도 오름을 보고, 서서도 보고, 누워서도 보았다. 그렇게 해서 그는 누구에게도 모습을 드러내지 않는 오름의 혼을 사진에 담았다. 스쳐 지나가는 관광객들의 눈에는 보이지 않는 혼을.

그 후 나는 월든 호수를 열 번 가까이 갔다. 봄에도 가고 가을에도 갔다. 호수를 돌기도 하고, 물가에 앉아 있기도 했다. 그렇게 해서 소로와 상관없는 나의 월든 호수를 발견했다. 오하이밸리는 캘리포니아에 갈 때마다 들렀다. 지도도 필요 없게 되었으며, 나중에는 내 아들을 그곳 학교에 보냈다. 그곳에서 지금까지 우정이 이어지는 친구를 만나, 크리슈나무르티가 산책하던 길을 함께 걷곤 했다. 이제 그곳은 언제나 그리운 오하이밸리가 되었다.

라다크는 여섯 번을 갔다. 『오래된 미래*Ancient Futures: Learning from*

Ladakh』의 저자 헬레나 노르베리 호지도 그곳에서 만나고, 마당 가득 꽃을 심는 게스트하우스 부부와 한 가족이 되었다. 그들은 숙박료도 사양하며, 라다크의 사원들과 인더스 강 유역의 마을들로 나를 데리고 다녔다. '줄레, 줄레!' 하며 라다크 식 인사로 아침 잠을 깨우던 그들의 목소리가 귀에 들리는 듯하다. 내 정신의 파편이 흩어져 있는 라다크!

갠지스 강이 흐르는 바라나시는 25년째 해마다 가고 있다. 내 눈이 깊지 않아선지 이제야 조금씩 보인다. 장소들과 그곳에 사는 아름다운 사람들이. 평범한 일상에 가려진 웃음과 슬픔의 물감 축제들이. 이제는 바라나시만을 무대로 여행기 한 권을 쓸 수도 있게 되었다.

낯선 나라와 장소들을 여행한 사람들은 곧잘 실망감을 감추지 못한다. 그들은 그 장소에 대한 긍정적인 여행담을 비난하고 허구라고 단정 짓는다. 그들의 말이 옳다. 한 장소를 오래 만나지 않으면 어떤 이야기도 허구일 수밖에 없다. 장소의 혼들은 처음에는 매력 없는 면만을 보여 줄 것이다. 당신 자신도 그렇듯이 장소 또한 낯선 이를 경계하기 때문이다. 돈을 뜯으려는 호객꾼과 가방을 뒤지는 여인숙 종업원과 길에 널린 소똥들로 당신을 쫓아 보낼 것이다.

여행은 얼마나 '좋은 곳'을 갔는가가 아니라 그곳에서 누구를 만나고 얼마나 자주 그 장소에 가슴을 갖다 대었는가이다. 중요한 것은 마음으로 봐야 하며, 그것에는 시간이 걸린다. 세상의 모든 장소들은 사리와 숄로 얼굴을 가린 여인과 같다. 낯선 자가 다가오면 더 가릴 것이다. 그리고 그 색색의 천 뒤에서 검은 눈으로 쳐다볼 것이다.

세상에는 시간을 쏟아 사랑하지 않으면 알 수 없는 것들이 많다. 가고, 또 가고, 또다시 가라. 그러면 장소가 비로소 속살을 보여 줄 것이다. 짐은 최소한으로 줄이고, 일정은 계획한 것보다 더 오래 잡으라. 인생은 관광tour이 아니라 여행travel이다. 그리고 여행은 고난travail과 어원이 같다. 장소뿐만 아니라 삶도 쉽게 속살을 보여 주지 않는다. 우리가 삶을 사랑하면 삶 역시 우리에게 사랑을 돌려준다. 사랑하면 비로소 다가오는 것들이 있다.

마지막으로 춤춘 것이 언제인가

_춤 명상

   '춤 명상'이 있다. 그중 하나인 수피 댄스는 회교 신비주의 일파인 수피즘에서 유래한 것으로, 음악과 춤을 영성의 중요한 도구로 여긴 시인 루미가 제자들에게 처음 가르쳤다. 두 팔을 벌리고 한 시간 가까이 제자리에서 빙글빙글 돌기 때문에 '회전 명상'이라고도 불린다. 오른손은 신의 기운을 받는다는 의미에서 하늘을 향하고, 왼손은 그 축복을 세상 사람들과 나눈다는 의미에서 땅을 향한다.

   터키에서는 '듣는다'는 의미의 '세마'라고 부르는 이 수피 댄스는 춤을 통해 신과 교감하는 황홀경을 경험하는 것이 목적이다. 빙빙 도는 것은 우주에 존재하는 모든 것이 회전하고 순환한다는 믿음을 바탕으로 한 것이다. 단순한 춤이 아니라 춤을 통해 절대자와 교감하는 독특한 기도 의식이다.

처음에는 천천히 돌다가 점차 속도가 빨라진다. 극히 단순한 반복 동작이지만 보는 사람조차 빠져들게 하는 무아지경의 춤이다. 인도 푸네의 아쉬람에서 처음 수피 댄스를 배웠을 때 그 강렬함을 실감할 수 있었다. 몸의 에너지 센터들이 깨어나고 나 자신이 우주의 중심에서 무한 회전하는 듯한 느낌이었다. 이슬람 원리주의자들은 이 춤을 금지시키지만, 인기가 많아 터키와 이집트 등지에서는 관광 코스에 포함돼 있다. 초보자는 어지러울 수 있기 때문에 넓은 공간이 필수적이다.

내가 배운 또 다른 춤 명상은 정해진 동작이나 규칙에 얽매이지 않고 음악에 몸을 맡기는 방법이다. 인위적으로 조종하지 않고 춤이 저 스스로 일어나게 하는 것이 핵심이다. 놀이하듯 춤의 자연스러운 흐름에 자신을 내맡기는 것이다.

춤과 명상의 초보자도 가능한 것이 이 춤 명상이다. 처음에는 정해진 율동 없이 몸을 움직이는 것이 어색하지만 서서히 움직임이 일어나면 춤추는 사람의 의지가 개입하지 않는 자연발생적인 춤이 된다. 그 자연스러운 춤 안에서 몸과 의식이 하나가 될 때를 '춤추는 사람은 사라지고 춤만 남는다.'고 표현한다. 내가 춤추고 있다는 사실을 잊고 춤 자체가 되는 것이다. 몸의 동작 속에 '나'가 사라지는 몰아의 상태이다. 내가 배운 '나타라즈'라는 춤 명상은 40분 동안의 춤과 15분 동안의 좌선으로 구성되어 있다. 좌선이 끝나면 15분 동안 기쁘게 축복의 춤을 춘다.

춤 명상은 춤으로 하는 자기 치유이다. 무의식 속에 쌓인 잠재의식을 몸으로 표현해 지워 버린다. 우리의 몸은 수많은 기억과 상처를 고스란히 간직하고 있기 때문에 춤을 통해 몸 깊은 곳으로 들어가서 해방시키는 것이다. 이것을 '우리 안에 피어나지 못한 꽃들이 개화하도록 돕는다.'고 표현하는 이도 있다. 꽃피어나야만 하는 것은 꽃피어나야만 한다.

『그리스인 조르바』의 주인공 조르바에게 춤은 상처를 준 세상과의 화해이자 아픔을 승화하는 몸짓이다. 어린 아들이 죽었을 때 조르바는 아들의 주검 앞에서 춤을 춘다. 사람들은 그에게 미쳤다고 손가락질했지만 춤을 추지 않았다면 정말 미치고 말았을 것이라고 조르바는 말한다.

춤이 가진 치료 효과는 오래된 문화들도 인식하고 있었다. 아프리카의 어느 부족은 아침에 잠에서 깨면 노래를 부르고 그 노래에 맞춰 춤을 추며 하루를 시작한다. 그리고 부족민 중 한 명이 몸이 아프거나 우울증에 걸리거나 의기소침해지면 부족의 치료사가 찾아가 맨 먼저 묻는 것이 우리의 의사들처럼 '어디가 아픈가?'가 아니라 다음 네 가지를 묻는다고 한다.

마지막으로 노래한 것이 언제인가?
마지막으로 춤춘 것이 언제인가?
마지막으로 자신의 이야기를 한 것이 언제인가?

마지막으로 고요히 앉아 있었던 것이 언제인가?

이 네 가지를 마지막으로 한 것이 오래전이라면 몸과 마음이 병드는 것은 당연한 일이라는 것이다. 그 네 가지를 하루빨리 하라는 것이 부족 치료사의 처방이다.

마음은 이야기꾼

_ 마음 챙김

북인도의 한 도시에서 지낼 때의 일이다. 잘 아는 인도인의 아들이 천연두에 걸렸다는 소식이 들렸다. 여러 해 동안 친하게 지내고 여행을 함께 한 적도 있는 사이라서 서둘러 그의 집을 찾아갔다. 환자는 좁은 침대에 누워 고열에 신음하고 있었다. 온몸에 붉은 발진이 가득했다.

마타지('어머니'라는 뜻)라고 불리는 천연두에 걸리면 인도인들은 병원에 가지 않고 민간요법에 의존하거나 마타지 신을 모시는 사원에 가서 기도를 올린다. 병원에 데려가면 마타지 신이 분노해서 증상이 더 심해질 수 있기 때문에 잘 달래어 떠나도록 하는 것이 최선이라는 것이다.

스무 살 갓 넘은 환자는 내가 이마를 만져도 겨우 눈을 뜰 정도로 증세가 심각했다. 환자 주위에는 아카시아 잎처럼 생긴 초록색 님^{neem} 나무 잎사귀가 가득 뿌려져 있었다. 님 나무 잎은 천연 항생 물질을 함유하고 있어서 인도의 시골에는 집집마다 이 나무가 있다. 인도인들은 박하향이 나는 툴시 허브와 더불어 님 나무를 신이 준 선물이라고 믿는다.

나는 침대 머리맡에 앉아서 환자를 격려하고 부모를 위로하며 30분 남짓 있다가 숙소로 돌아왔다. 내가 천연두 환자의 집에 다녀온 걸 알고 게스트하우스 주인을 비롯해 모든 사람의 안색이 변했다. 천연두는 사망률이 매우 높은 법정 전염병으로, 밀폐 공간에서는 공기로도 전염될 수 있다. 갑작스러운 고열, 오한, 두통과 함께 심한 복통과 의식의 변화까지 초래한다. 그런 심각한 병이라는 걸 미처 몰랐던 것이다.

차츰 걱정이 밀려왔다. 작고 밀폐된 방에서 환자의 손과 이마를 만지며 반 시간이나 있었기 때문에 천연두에 감염되었을 가능성이 높았다. 이제 어떻게 하지? 증상이 나타나기 전에 서둘러 귀국해야 하나? 만약 천연두 진단을 받으면 격리 환자가 될 텐데 비행기를 탈 수 있을까? 아니면 님 나무 잎 빻은 즙을 피부에 바르고 몸 둘레에 잎을 뿌린 채 누워 있어야 할까? 게스트하우스에선 나를 계속 투숙하게 할까?

두려움은 빠른 속도로 커져 갔다. 만약 의식이 오락가락하면 누가 나 대신 한국의 가족에게 연락하지? 사망률이 매우 높다는데 내가 살아남을 확률이 얼마나 될까? 발진이 돋으면 누구도 곁에 오려고 하지 않겠지? 나를 간호해 줄 현지인 친구를 미리 정해 놓아야 하지 않을까?

온갖 상상으로 잠을 설치고 맞이한 이튿날 아침, 입맛이 없어 게스트하우스 베란다에 앉아 있던 나는 등을 긁다가 피부 발진과 흡사한 붉은색 부스럼이 생긴 것을 발견했다. 우려가 현실로 나타나기 시작한 것이다. 이마를 짚어 보니 의심스러운 미열도 있었다.

생각이 급속도로 복잡해졌다. 균이 각막에 침범하면 실명할 수도 있고 뇌에 침범하면 뇌염이 발생한다는데, 뇌는 어쩌지 못하더라도 생수로 눈을 빡빡 씻을까? 아니, 이건 흔한 종기일 수도 있었다. 하지만 긁어 보니 진물 같은 것이 나는데 천연두일 가능성이 컸다. 판단이 오락가락하는 것만으로도 증상이 심해지고 있다는 증거였다. 당시는 인터넷도 없던 때라서 천연두의 증세를 자세히 확인할 길도 없었다. 이 정도 증세를 가지고 의사를 찾아가 상담하면 웃음거리밖에 안 될 노릇이었다.

점심을 먹는 둥 마는 둥, 오후가 되었을 때 복통이 시작되었다. 드디어 올 것이 온 것이다. 나는 침대에 반듯이 누워 님 나무 잎들이 내 주위에 뿌려지는 장면을 상상했다. 마지막에는 갠지스강가의 화장터로 옮겨지겠지. 아무리 가까운 사이여도 전염병 환자의 집에 가는 게 아니었다. 아니, 이번에는 인도에 오는 게 아니었다. 이렇게 죽을 거였으면 차라리 무산소 에베레스트 등정이나 시도했어야 했다. 아니다, 마음을 진정시키고 초연하게 죽음을 맞이하자. 그래야 오랫동안 명상을 해 온 사람답지 않겠는가. 아쉽더라도 '하하하' 웃으며 작별하자. 조건 지어지고 형상을 가진 모든 것은 소멸한다고 하지 않는가. 아니, 그 전에 한국의 가족과 친구들에게 전화라도 몇 통 해야 하지 않나? 뉴스에도 내 이름이 등장하겠지.

이것이 '마음의 이야기'이다. 나를 번뇌에 빠뜨리고, 앞당겨 걱정해서 지금의 삶을 제대로 살지 못하게 하며, 일어나지도 않은 일들에 조건과 형상을 부여해 강력한 힘을 갖게 하는 '마음이 지어내는 이야기'이다.

마음은 세상에서 가장 뛰어난 이야기꾼이다. 노벨 문학상 수상 작가도 그 이야기 실력을 능가할 수 없다. 마음이 지어내는 이야기는 어떤 소설, 어떤 신화보다 강력한 힘을 가지고 있다. 그것이 의식을 지배할 때 눈앞의 현실보다 가공의 세계가 더 생생한 현실이 된다. 그때 나는 삶을 사는 것이 아니라 버스에 앉아 망상에 빠진 사람처럼 삶의 표면을 그림자처럼 지나갈 뿐이다. 마음은 매우 쉽게 우리를 충실한 하인으로 만든다. 그러나 마음만큼 형편없는 주인도 없어서, 지금의 삶을 살지 못하게 하고 실제보다 상상에 더 많이 고통받게 만든다.

끊임없이 이야기를 만드느라 마음은 항상 바쁘다. 매사추세츠

의과대학 교수이며 명상 교사인 존 카밧 진의 지적대로, 우리는 우리 자신이 실제로 존재하는 곳에 한 번도 완전히 존재해 본 적이 없을 수도 있으며 우리 자신의 충만한 가능성과 단 한 번도 완전히 접촉해 본 적이 없을 수도 있다. 생각이 자기 멋대로 꾸며낸 이야기 속에 스스로를 가두고 있기 때문이다. 마음이 이야기를 본격적으로 만들어 나가기 전에 알아차려야 한다. 두려움, 욕망, 불안을 연료로 마음이 지어내는 이야기를 알아차리고 마음을 챙기는 것이다. 마음의 하인이 아니라 마음의 주인이 되는 것이다. 그것만큼 큰 기쁨과 평화는 없다.

그 인도인의 아들은 천연두가 아니라 수두였으며, 천연두는 1970년대 말에 전 세계적으로 사라진 질병으로 선언되었다. 수두는 대부분 병이 진행되면서 자연적으로 좋아진다. 그리고 내 등에 난 것은 사소한 부스럼이나 땀띠에 불과했다. 뜨거운 태양 아래를 오가느라 약간 더위를 먹었을 뿐이며, 과도한 신경성 복통이었다. 그렇게 생각이 지어낸 이야기는 나의 허약한 영적 수준을 드러내며 밤에 꾸었던 꿈처럼 사라졌고, 잠시 마음이 맑아졌다. 다음 이야기를 지어내기 전까지는.

우리는 다 같다

_공감과 연민

배우 김혜자 씨와 함께 네팔을 여행할 때의 일이다. 카트만두 외곽의 유적지에 갔다가 길에 장신구들을 펼쳐 놓고 파는 여인을 보았다. 이름난 관광지라서 노점상들이 많았기 때문에 그녀가 특별히 눈에 띄는 것은 아니었다. 그런데 김혜자가 걸음을 멈추더니 그녀 옆으로 가서 앉는 것이었다.

물건을 사려는 게 아니었다. 그제야 보니 그 여인은 고개를 숙이고 조용히 울고 있었다. 눈물이 턱을 타고 흘러내려 싸구려 장신구들 위로 번졌다. 놀라운 일은 김혜자 역시 그녀 옆에 앉아 울기 시작했다는 것이다. 말도 없이 여인의 한 손을 잡고 울고 있었다.

먼지와 인파 속에서 국적과 언어와 신분이 다른 두 여인이 서로 눈물의 이유도 묻지 않은 채 쪼그리고 앉아서 울고 있었다.

다큐멘터리를 찍는 것도, 방송작가가 따라온 것도 아니었다. 배우 김혜자의 연기가 아니라 인간 김혜자의 자발적인 공감의 눈물, 연민의 눈물이었다.

공감 능력은 생존에 절대적인 역할을 한다고 심리학자들은 말한다. "공감 능력은 인간의 잔인성을 억제해 준다. 타인의 처지에 공감하려는 본능적인 성향을 외면하면 사람들을 사물화하게 되고, 서로를 사물로 대할수록 세상은 더 위험해진다."라고 『감성지능 EQ』의 저자 대니얼 골먼은 썼다.

연구 결과 공감 능력은 뇌 속에 내재해 있으며, 인간은 근본적으로 이타적이라는 사실이 밝혀졌다. 침팬지보다 지능이 낮은 레서스 원숭이에 대한 행동 실험에서도, 자신이 먹이를 집을 때마다 우리 안의 다른 원숭이들에게 전기 충격이 가해진다는 것을 인지한 원숭이는 차라리 굶어 죽는 쪽을 택했다. 먹이를 얻어먹을 때마다 다른 원숭이의 고통스러운 비명소리가 들리자 실험 대상 원숭이는 12일 동안이나 먹기를 거부해 실험이 중단되었다. 유아기의 아기는 자신이 괴로울 때는 잘 울지 않지만 다른 아기들이 우는 것을 보거나 들으면 더 쉽게 울음을 터뜨린다는 것이 입증되었다.

뇌신경학자들은 최근에 발견된 거울 뉴런mirror neuron을 이야기한다. 다른 사람이 하는 행동을 보는 것만으로도 뇌는 마치 자신이 그 행동을 하는 것처럼 느낀다. 이것을 가능하게 하는 신경세포가 거울 뉴런이다. 즉 옆사람이 울면 나의 뇌는 나 자신이 울 때와 동일한 부분이 활성화된다. 옆사람이 웃거나 행복할 때도 마찬가지다.

다른 사람의 행동을 거울처럼 반영한다고 해서 붙여진 '거울 뉴런'은 인간의 공감 능력을 과학적으로 뒷받침해 주는, 현대 뇌과학의 가장 중요한 발견으로 꼽힌다. 타인의 처지와 감정을 이해하도록 도와 인간과 인간을 이어 주고, 감정과 감정을 연결해 주는 역할을 하는 것이 거울 뉴런이다. 다시 말해, 인간의 뇌는 다른 사람과 관계 맺도록 배선되어 있으며, 이것은 생존의 필수 요건이다. 이 신경세포에 손상을 입은 사람은 타인에 대한 연민과 관심이 결여되어 사회성이 부족하고, 이기적이거나 자기중심적이며, 심하면 자폐증으로 나타난다.

공감은 행복에 직결된다. 만일 당신이 강렬한 기쁨이나 깊은 슬픔을 보이는데 상대방이 돌처럼 무신경하다면 당신은 자신이 이해받지 못한다고 느낄 것이다. 타인의 고통에 대한 공감 능력 부족은 진정한 관계를 가로막는 가장 큰 요인이다.

인간을 인간답게 만드는 것이 공감이다. 북적대는 관광객들과 노점상들 속에서 어깨를 들썩이며 울고 있는 여인을 발견한 것도 놀라웠지만, 언어도 통하지 않는 타인의 슬픔에 대한 무조건적인 공감 능력, 우는 사람 옆에서 함께 울어 주는 마음이 김혜자를 진정성 있는 배우로 만들었을 것이라고 짐작할 수 있었다.

　이윽고 네팔 여인의 눈물은 옆에 앉은 김혜자를 보며 웃음 섞인 울음으로 바뀌었으며, 이내 밝은 미소로 번졌다. 공감이 가진 치유의 힘이었다. 우리는 함께 아파함으로써 위로받고 강해진다. 헤어지면서 김혜자는 팔찌 하나를 고른 후 그 노점상 여인의 손에 300달러를 쥐어 주었다. 그 여인에게는 거금이었다. 여인은 놀라서 자기 손에 들린 돈과 김혜자를 번갈아 쳐다보았다. 떠나면서 뒤돌아보니 여인은 서둘러 좌판을 정리하고 있었다. 내가 왜 그런 큰돈을 주었느냐고 묻자 김혜자는 나를 바라보며 말했다.

　"누구나 한 번쯤은 횡재를 하고 싶지 않겠어요? 인생은 누구에게나 힘들잖아요."

　김혜자는 그 팔찌를 여행 내내 하고 다녔다. 그 무렵 김혜자 역시 힘든 시기를 보낼 때였다. 그녀의 고뇌와 절망은 대중이 상상하기 어려운 것이었다. 그러나 타인의 아픔에 대한 진실한 공감 능력으로 자신의 아픔까지 치유해 나갔다. 공감은 '나의 아픔에도 불구하고 다른 사람의 아픔에 관심을 갖겠다는 선택'이다.

　훗날 내가 네팔에서의 그 일을 이야기하자 김혜자는 말했다.

　"그 여자와 나는 아무 차이가 없어요. 그녀도 나처럼 행복하기를 원하고, 작은 기적들을 원하고, 잠시라도 위안받기를 원하잖아요. 우리는 다 같아요."

얼굴 속 얼굴

_ 어머니 명상

    사회운동가이며 생태철학자인 조애나 메이시는 자신이 자비심에 대해 잘 알고 있다고 생각했다. 자비심은 모든 종교에 공통된 익숙한 개념이기 때문이다. 그런데 북인도 히말라야 기슭의 달하우지에 있는 티베트 난민촌에서 그녀는 새로운 개념의 자비심과 맞닥뜨렸다.

    그 구릉지대에서 보낸 첫해 여름, 그녀는 가난한 난민들의 복지와 경제 회복을 위해 일하고 있었는데 티베트인들로부터 다음과 같은 말을 수없이 들어야 했다.

    "이 모기는 전생에 너의 어머니였을지도 모른다. 이 벌레, 혹은 이 닭도 너의 어머니였을지도 모른다. 그러니 이 생명들을 해치지 말아야 한다."

    모든 존재는 헤아릴 수 없이 많은 생을 윤회 반복하기 때문에 어떤 생명체든 어느 전생에서는 그녀의 어머니였을 가능성이 크다는 것이었다. 그러면서 한 티베트 승려는 각각의 사람을 전생의 어머니로 인식함으로써 그 사람에 대한 연민심을 키우는 법을 설명해 주었다.

어느 날 오후, 조애나는 그 교리에 대해 골똘히 생각하며 숙소가 있는 곳을 향해 산길을 내려가고 있었다. 설득력이 약하긴 했지만 왠지 가슴에 와 닿는 수행법이었다. 그러나 전생의 삶을 믿지 않는 그녀로서는 실천하기 어려운 방법이었다. 그때 문득 등짐을 지고 삼나무와 철쭉이 늘어선 구불거리는 오솔길을 힘겹게 올라오고 있는 한 남자에게 시선이 멎었다.

무거운 짐을 지고 산길을 오르는 노동자들의 모습은 히말라야 마을들에서 자주 목격하는 일이었다. 특히 거대한 통나무를 어깨에 짊어지고 비탈길을 오르는 사람들이 그중 가장 힘들어 보였다. 대개 계급이 낮은 산골 주민들로, 어려서부터 지고 다닌 무거운 짐 탓인지 키가 작고 구부정했다. 산길에서 그런 사람들과 마주칠 때마다 조애나는 마음이 불편해지면서 그들을 착취하는 사회, 경제구조에 대해 불평을 터뜨리곤 했다.

그러나 그날 오후 조애나는 그 자리에 서서 그 빼빼 마른 원주민이 안짱다리처럼 굽은 다리로 무거운 짐을 지고 올라오는 모습을 말없이 지켜보았다. 그가 등에 지고 오는 것은 커다란 삼나무 둥치였다. 그녀가 서 있는 곳까지 온 남자는 돌담에 목재 끝을 걸치고서 잠시 숨을 골랐다.

그때 문득 조애나는 그 남자가 한때 자신의 어머니였을지도 모른다는 생각이 들었다. 그래서 그의 얼굴을 자세히 보고 싶었다. 그가 누구인지 알고 싶었다. 그녀는 "나마스테!" 하고 인사하며 남자에게 다가갔다. 하지만 남자는 여전히 목재를 등에 지고 있었기 때문에 몸이 앞으로 굽어 얼굴이 땅바닥을 향해 있었다. 그래서 그녀는 그의 얼굴을 보기 위해 몸을 낮게 숙여야만 했다.

그 얼굴을 보는 순간 그녀는 갑자기 알 수 없는 감정에 사로잡혔다. 기쁨과 고통이 섞인 감정이 밀려왔다. 오래전 그녀의 어머니였던 얼굴이 그곳에 있었다! 주름진 남자의 얼굴 속에 그녀의 어머니였던 여자의 얼굴이 분명히 존재했다. 그녀는 그 얼굴을 어루만지고 싶었고, 바닥을 향한 눈을 마주보고 싶었다. 통나무와 그의 몸을 묶은 밧줄을 풀고, 산꼭대기 마을까지 그 짐을 나눠서 지고 가고 싶었다.

그를 존중하는 마음과 어색함 때문에 그녀는 그렇게 하지 않았다. 그저 두어 걸음 떨어진 곳에 서서 그의 수염 희끗희끗한 턱과 누더기 모자와 머리 위로 솟아나온 통나무를 움켜잡은 옹이진 손을 바라보았다.

습관처럼 사회 체제를 지적하던 마음은 증발해 버렸다. 지금 그녀의 눈앞에 있는 사람은 착취당하고 억압당하는 계급이나 경제구조의 피해자가 아니라 독특하고, 그 무엇으로도 대체 불가능한, 누구와도 비교할 수 없는 소중한 존재였다. 전생의 그녀의 어머니이자 그녀의 아이였다. 그녀와 똑같이 행복을 원하며 불행을 원치 않는 한 사람의 인간 존재였다. 이전과는 완전히 다른 시각이었다.

가난한 사람을 보면서 지금까지 한 번도 하지 않았던 질문들이 그녀의 마음속에 솟아났다. 이 사람은 어디로 향하는 걸까? 언제쯤 자신의 집에 도착할까? 그곳에는 그를 맞이할 사랑하는 가족과 맛있는 밥이 있을까? 편안한 휴식과 노래와 다정한 포옹이 기다리고 있을까? 전에는 사회의 모순을 향해 있던 시각이 한 인간 존재에 대한 연민과 공감으로 바뀌었다. 그것은 더 많이 갖고 더 우월한 자로서의 자비심이 아니라 자신과 동등한 한 인간에 대한 마음 깊은 곳으로부터의 관심이었다.

남자가 다시 통나무를 지고 산길을 올라가는 것을 보고서야 조애나는 몸을 돌려 자신이 가던 길을 내려갔다. 그녀가 그의 삶을 바꿔 주기 위해 한 일은 아무것도 없었다. 그러나 그날부터 히말라야의 산길이 전혀 다른 빛으로 빛나기 시작했고, 그녀의 마음이 달라졌다. 그것은 전생에 대한 믿음이나 신앙의 변화와는 다른 것이었다. 단지 가슴의 경계선이 부서져 열린 것을 그녀는 느꼈다.

'어머니 명상'은 '모든 존재는 한때 우리의 어머니였으며, 우리도 한때는 그들의 어머니였다.'라고 일깨운다. 친절과 공감의 마음을 가지고 다른 사람과 생명체들을 대하라는 의미이다. 지금 함께 일하는 사람, 지금 나를 아프게 하는 사람, 혹은 가난과 억압으로 고통받는 사람, 지구촌 어느 분쟁 지역에서 불안하게 생계를 이어가는 난민들이 한때 나의 어머니였고 내가 그분이 지어 준 밥을 먹었다고 생각한다면 우리의 닫혀 있던 마음이 열릴 것이다. 길에서 마주치는 사람도, 도저히 용서할 수 없었던 사람도 한때 나의 어머니였다고 여기면 자애로운 미소로 대할 수 있을 것이다.

인류를 사랑하는 것과 눈앞의 사람을 사랑하는 것은 다르다. 세상을 구원하는 것과 이름도 모르는 타인을 자기와 동일한 인간으로 바라보는 것은 다르다. 지금 앞에 있는 사람을 자신의 어머니이자 아이로 인식하는 것은 완전히 새로운 차원이다. 누군가를 깊이 안다는 것은 직접 얼굴을 마주하고 그 얼굴 속 사람을 바라보는 일이다. 구분과 차별을 초월한 공감과 사랑이 그것에서 시작된다.

운디드 힐러

_ 상처 받은 자에서 치유자로

'모든 치유자는 상처 입은 사람이다.'라고 칼 융은 말했다. 상처가 있는 사람이 누군가에게 진정한 치유자가 될 수 있다는 의미이다. 자신이 아파 본 만큼 다른 사람의 아픔을 이해할 수 있기 때문이다. 진정한 힐러는 내 상처를 극복함으로써 다른 이들을 치유하는 사람이다.

세계적인 명작의 반열에 오른 장 지오노의 소설『나무를 심은 사람*The Man Who Planted Trees*』은 혼자서 수십만 그루의 나무를 심어 폐허를 낙원의 숲으로 가꾼 감동적인 환경 서적이다. 그러나 내게는 그것이 단순한 환경 작품이 아니라 한 인간의 자기 치유 과정으로 읽혔다.

소설 속 주인공 엘제아르 부피에는 아무도 모르게 묵묵히 세상을 위한 일을 해 나간다. 그래서 마을 사람들은 그 기적의 숲

이 한 개인의 힘으로 이루어졌다는 것을 알아차리지 못한 채 자연적으로 생긴 천연의 삼림이라 여긴다.

늙고 외로운 양치기로 묘사되는 부피에는 사실 노인이 아니라 쉰다섯 살의 남자이다. 그는 그 지역으로 오기 전에 다른 곳에서 가족들과 농장을 일구며 살다가 큰 불행을 겪은 사람이다. 갑자기 하나뿐인 아들을 잃었고, 아내마저 얼마 안 가 세상을 떠났다. 가족 모두와 사별하고 홀로 남게 된 그는 아들과 아내에 대한 기억으로 사무친 그 마을을 떠나기로 마음먹는다. 그리고 '마실 물 한 모금도 발견할 수 없는' 낯선 땅으로 개 한 마리만 데리고 와 언덕배기의 버려진 오두막에서 살기 시작한다. 그의 슬픔이 얼마나 깊었는지 짐작케 하는 대목이다. 슬픔과 고독은 인간을 늙게 만든다. 그는 심지어 말하는 습관을 잃어버릴 정도로 외로운 생활을 했다.

그렇게 3년을 외톨이로 살던 남자는 어느 날 오두막 문을 열고 세상 밖으로 나온다. 그가 시작한 일은 야생 라벤더 외에는 아무것도 자라지 않는 척박한 산비탈에 씨앗을 심는 일이다. 밤마다 그는 도토리 열매들을 꺼내 탁자 위에 펼쳐 놓고 좋은 놈들만 고른다. 금이 가지 않고 성한 것들만……. 아픔을 딛고 일어서기 위해서는 자신의 감정 중에서 건강하고 긍정적인 것만 선택해야 하는 것과 같다. 부서지고 금 간 감정들은 조심스럽게 골라내야 한다. 그렇지 않으면 그것들이 인생의 자양분을 모두 빼앗아 가기 때문이다.

"양치기는 작은 자루를 가지고 와서 그 안에 든 도토리 한 무더기를 탁자 위에 쏟았다. 그는 도토리 하나하나를 주의 깊게 살피면서 좋은 것과 나쁜 것을 따로 골랐다. 그리고 굵고 실한 도토리들을 한곳에 모으더니 다시 열 개씩 세어서 한 무더기로 나눴다. 그러면서 도토리들을 더 자세히 살펴보고, 그중에서 작거나 금이 간 것들을 다시 골라냈다. 그렇게 해서 완벽한 상태의 도토리가 열 무더기 모아졌을 때에야 비로소 그는 일손을 멈추고 잠자리에 들었다."

그 작업이 그에게는 치유의 과정이었다. 그는 그 작업을 꾸준히 실천했다. 37년 동안 매일 100개의 실한 도토리를 산비탈에 심어 마침내 수십만 그루의 나무들을 싹틔웠다. 그렇게 해서 황폐했던 땅이 삼림으로 변하고, 공기가 달라지고, 단 세 명밖에 살지 않던 마을은 만 명의 주민이 사는 곳으로 변화했다. 한 사람의 행동이 폐허를 아름다운 터전으로 바꿔 놓은 것이다.

나무를 심는 작업은 그에게 고산지대의 신선한 공기를 선물했으며, 몸과 마음에 활력을 주었다. 죽은 땅에 지팡이로 구멍을 뚫고 씨앗을 심으면서 본인의 슬픔을 파묻고 삶의 희망을 심었다. 이 일을 통해 자신의 아픔을 치료하고 나아가 대지의 상처인 황무지까지 치료할 수 있었다. 오랜 시간 대자연 속에서 하늘과 바람과 나무와 이야기하는 동안 인생이 안겨 준 상처가 아물고 마음의 온전함을 회복했다. 커 나가는 나무들을 보면서 기쁨이 고통의 자리를 채워 나갔다.

삶은 이따금 우리 자신을 폐허로 만든다. 예기치 않은 불행이 영혼을 유린한다. 상처투성이인 마음밭에는 가시 돋힌 덤불만 무성하다. 살아 있는 한 그런 일들이 반복해서 일어난다. 중요한 것은 자기 치유를 위해 어떤 일을 하기로 마음먹는가이다. 그리고 그것이 어떻게 자신뿐 아니라 세상을 치료하는 일로 이어지는가 하는 것이다. 이것이 인간이 지닌 자기 회복력이다. 인간은 언제든 슬픔을 딛고 온전한 존재로 돌아갈 가능성을 지니고 있다. 성장하는 영혼이 세상을 성장시킨다. 내면에서 실한 도토리 열매를 꺼내 세상에 심는 것은 아름다운 숲을 예고한다. 그렇게 하지 않으면 우리 자신의 마음과 세상은 폐허인 채로 남아 있게 된다.

삶의 지혜는 불행을 멈추게 하는 것이 아니라 불행 속에서도 건강한 씨앗을 심는 데 있다. 그것은 그만큼 생명의 원천을 신뢰하는 일이다. 역경은 씨앗의 껍질을 벗겨 내는 바람 같아서, 우리 존재의 중심부만 남긴다. 그러면 그 중심부가 놀라운 힘을 발휘한다. 자연주의자 소로는 말했다.

"나는 씨앗에 대해 깊은 믿음을 가지고 있다. 당신에게 씨앗이 있다고 한다면 나는 놀라운 기적을 기대할 것이다."

알프스 산맥의 고산지대를 여행하다가 주인공 부피에를 만난

소설 속 화자는 이렇게 그를 묘사한다.

"이 사람과 함께하는 시간에는 평화로움이 있었다. 그 무엇도 그의 마음을 흔들어 놓을 수 없다는 인상을 나는 받았다."

우리가 타인과 세상을 위해 하는 일들은 자신의 상처와 문제까지 치유해 준다. 상처로 고통받은 적 있는 사람이야말로 누군가에게 진정한 치유자가 될 수 있다. 그것이 '운디드 힐러wounded healer', 즉 '상처 입은 치유자'의 의미이다. 운디드 힐러는 내 상처를 극복함으로써 다른 사람들을 돕고 치유하는 사람이다.

저자 장 지오노는 수십 년에 걸친 주인공의 삶을 묘사한 후에 이렇게 결론짓는다.

"인간이란 파괴가 아닌 다른 분야에서는 신처럼 유능할 수 있다는 생각이 들었다."

상처 입은 사람들이 서로에게 늑대가 되는 것만은 아니다. 우리 대부분은 상처의 치유가 자신 안에 머물러 있는 데 반해, 부피에는 세상을 바꾸었다. 자신의 고독과 불행을 치유하기 위해 시작한 나무 심기는 '서로 미워하면서 죽음을 기다리는 것밖에는 희망이 없던' 낯선 사람들에게 샘물이 흐르고 새들이 노래하는 생명 넘치는 숲을 선사했다. 가장 좋은 치유자는 자신이 깊이 상처 입은 적 있는 치유자이다. 단순하지만 강력한 메시지를 담고 있는 『나무를 심은 사람』은 그런 운디드 힐러의 이야기이다.

테러리스트가 되지 말고 테라피스트가 되어야 한다. 공격과 치유는 둘 다 공명 현상이다. 어떤 에너지를 보내는가에 따라 동일한 에너지가 돌아온다. 세상은 산 이다. 당신이 말하는 것마다 당신에게로 메아리쳐 돌아올 것이다. '나는 멋지게 노래했는데 산이 괴상한 목소리로 메아리쳤어.'라고 말하지 말라. 그것은 불가능 하다.

두 번째 화살 피하기

_고통을 다루는 기술

스승이 제자에게 묻는다.

"만약 누군가의 화살에 맞으면 아프겠는가?"

제자가 대답한다.

"아픕니다."

스승이 다시 묻는다.

"만약 똑같은 자리에 두 번째 화살을 맞으면 더 아프겠는가?"

제자가 말한다.

"몹시 아픕니다."

그러자 스승이 말한다.

"살아 있는 한 누구나 화살을 피할 수 없다. 그러나 그 일로 인한 감정적 고통은 우리의 선택에 달려 있다."

첫 번째 화살은 실제로 일어난 사건이고, 두 번째 화살은 그 사건에 대한 감정적 반응이다. 상실과 실패와 재난은 누구의 삶에나 일어난다. 그러나 고통의 대부분은 실제의 사건 그 자체보다 그것에 대한 감정적 반응으로 더 심화된다. 인생이 고통이라고 말하지만, 우리가 가장 많이 맞는 화살은 스스로 자신에게 쏘는 두 번째 화살이다. 첫 번째 화살을 맞을 때마다 우리는 즉각적으로 두 번째 화살을 자신에게 쏘기 시작하며, 이 두 번째 화살이 첫 번째 화살의 고통을 몇 배나 증폭시킨다.

한 여성이 20년 전에 이혼을 했다. 그 20년 동안 그녀는 전남편의 부당한 행동에 화가 난 채로 고통스럽게 살았다. 자식들과 친구들 앞에서 그에 대한 비난을 멈추지 않았다. 그리고 어떤 남자도 믿지 않았기 때문에 누구와도 한 달 이상 관계를 지속하지 못했다. 스스로 쏜 두 번째 화살이 너무 많이 박혀 있어서 사랑의 감정이 싹틀 공간이 없었다. 분노로 인해 그녀의 삶은 얼어붙었으며, 모든 관계가 제한적이 되었다.

백혈병 선고를 받고서야 그녀는 분노를 무덤까지 가져가고 싶지 않다는 것을 깨달았다. 사랑하지 않고 삶을 허비한 것이 너무 후회되었다. 『인생 수업』의 저자 엘리자베스 퀴블러 로스를 찾아온 그녀는 평화롭게 살 수는 없었지만 평화롭게 죽고 싶다고 고백했다. 스스로에게 쏜 두 번째 화살이 자신의 삶을 망쳤음을 늦게야 깨달은 것이다. 이미 잃어버린 것에 집착하는 것은 지금 가지고 있는 것마저 잃는 지름길이다.

불쾌한 사건이 심리적 불행으로 이어지는 경우는 흔하다. 차를 운전하고 가는데 다른 차가 방향 지시등도 없이 끼어든다. 우리는 금방 흥분해서 감정적이 된다. 두 번째 화살이 이성을 마비시키고 맥박 수를 증가시킨다. 주말을 비워 두고 명상 프로그램에 등록했는데 하루 전에야 취소 연락이 온다. 숲 속 명상 센터에서 마음의 평화를 얻으려던 계획은 한순간에 분노의 감정으로 바뀌어 주최측과 자신에게 두 번째 화살을 쏘기 시작한다.

선의의 마음을 가지고 도와주었는데 돌아온 것은 배신이다. 형제와 친구 사이에서 흔히 일어나는 일이다. 그 경험만으로도 상처가 큰데, 두고두고 우리를 괴롭히는 것은 스스로에게 쏘는 감정적 화살이다.

내 친구가 터무니없는 누명을 쓴 적이 있다. 그로선 억울한 일이었지만 인간 심리의 왜곡된 면을 바로잡기는 쉽지 않다. 진실하고 정의롭다고 자부하는 이들도 자신의 이익과 질투심 때문에 누군가를 희생양으로 삼곤 한다. 이 악의적인 비난 때문에 그와 가깝던 이들까지 등을 돌렸다. 조금만 상황을 살펴봐도 헛소문임을 알 수 있었지만 사람들은 때로 진실에는 관심이 없다. 진실이 신발끈을 묶고 있을 때 거짓은 지구를 반 바퀴 돈다.

억울함, 배신감, 증오, 복수심이 꿈속에서도 그를 괴롭혔다. 그리고 그 감정들이 그로 하여금 현재를 생생하게 살지 못하게 막았다. 화분에 뿌리가 꽉 차서 분갈이가 필요한 식물처럼, 마음속

화분에 부정적인 뿌리들이 뒤엉켰다. 우리는 상처 입은 감정들이 자신의 삶을 방해하는 것을 너무 오래 허용하지 말아야 한다. 나는 그 친구에게 물었다. 어느 것이 그를 더 괴롭히는지. 일어난 사건인지, 아니면 그것에 대한 자신의 감정적 반응인지. 마침내 그 친구가 그렇게 했듯이 우리는 두 번째 화살들을 단호히 뽑아 버려야 한다. 누군가를 원망하면서 자신에게 화살을 쏘아 대기에는 인생이 너무 짧은 것이다.

화살에 맞으면 아픔을 느끼되 그 아픔을 과장하지 말라고 붓다는 충고했다. 병이 난 제자를 찾아가서도 아파하되 그 아픔에 깨어 있으라고 가르쳤다. 상처에 너무 상처 받지 말 것, 실망에 너무 실망하지 말 것, 아픔에 너무 아파하지 말 것—이것이 두 번째 화살을 피하는 방법이다. 잠시 아플 뿐이고, 잠시 화가 날 뿐이고, 잠시 슬플 뿐이면 되는 것이다. 그 순간이 지나면 우리는 다시 맑고 투명해진다.

우리는 첫 번째 화살에 반응을 보이는 데는 익숙하지만, 두 번째 화살을 다루는 데는 매우 서툴다. 칼루 린포체는 말한다.

"용서는 나에게 상처를 준 사람을 해방시켜 주는 일이 아니다. 그 사람을 향한 원망과 분노와 증오에서 나 자신이 해방되는 일이다."

어느 마을에서 산비탈을 개간해 배나무를 심었다. 배를 많이 수확해 가난에서 벗어나고 자신들도 배를 먹기 위해 마을 사람들은 열심히 물을 주고 거름을 나르며 희망을 쏟아 부었다. 해마다 키가 크는 배나무를 보는 것만으로도 행복했다.

그런데 몇 해 뒤 그 나무들에 열린 것은 배가 아니라 사과였다. 애초에 묘목을 잘못 골랐던 것이다. 배나무에 오랫동안 많은 기대를 걸었던 마을 사람들은 실망이 너무 커서 그 사실을 받아들일 수 없었다. 그들은 그것이 사과라는 사실을 부정하고 배라고 부르기 시작했다.

그러자 또 다른 문제가 발생했다. 마을에 이미 사과나무가 있었고 그 나무에서 사과가 열리고 있었기 때문에 기존의 사과를 뭐라고 불러야 하는가 하는 것이었다. 혼란을 피하기 위해 그들은 그것도 배라고 부르기로 했다. 그래서 이제 그들에게는 사과가 존재하지 않게 되었다.

배를 팔러 시장에 갈 때마다 다른 마을 사람들은 사과를 배라고 부르는 그들을 놀리고 비웃었다. 그런 식으로 어딜 가나 조롱을 피할 수 없었다. 자신들이 기대한 배가 아니라 사과를 매단 그 미친 나무에 대한 배신감과 수모감이 극에 달하자, 마침내 그들은 일제히 산비탈로 몰려가 나무를 모두 뽑아 버렸다. 그래서 몇 년 동안의 수고가 물거품으로 돌아가고, 그들의 마음속에는 극도의 좌절과 분노감만 남았다. 마을 사람 전체가 스스로에게 두 번째 화살을 쏘아 댄 것이다. 이청준의 단편소설 『미친 사과

나무』의 줄거리이다.

배가 열리기 원하지만 사과가 열리는 경우는 허다하다. 삶에서 일어나는 대부분의 고통은 마음속에서 상상한 배와 현실의 사과가 일치하지 않을 때 일어난다. 누구에게나 일어나는 그 사건들을 우리는 즉각적으로 개인화시키고 감정을 투영한다. 일어난 일이 아니라 일어난 일에 대한 우리의 해석이 우리를 더 상처 입히는 것이다. 고통으로부터의 자유는 문제로부터의 해방이 아니라 문제를 더 복잡하게 만들지 않는 마음에서 온다.

밖에서 날아오는 화살은 피하거나 도망치면 그만이다. 그러나 자기 안에서 스스로에게 쏘는 화살은 피할 길이 없다.

정신에 가장 해로운 일이 '되새김'이다. 마음속의 되새김은 독화살과 같다. '문제를 느끼는 것은 좋다. 그러나 그 문제 때문에 쓰러지지는 말라.'라는 말이 있다. 첫 번째 화살을 맞는 것은 사실 큰일이 아니다. 그 화살은 우리의 선택에 달린 것이 아니기 때문이다. 첫 번째 화살 때문에 자신에게 두 번째 화살을 쏘는 것이 더 큰일이다. 이 두 번째 화살을 피하는 것은 마음의 선택에 달려 있다. 외부의 일에 자신의 삶을 희생하지 않겠다는 강한 의지이다. 자신이 원치 않는 일들이 일어날 때마다 이것을 기억해야 한다.

'나는 나 자신에게 두 번째 화살을 쏠 것인가?'

삶은 고통스럽다. 그러나 어리석으면 더 고통스럽다. '사람들이 당신에게 어떻게 하는가는 그들의 카르마가 되지만, 그것에 대해 당신이 어떻게 반응하는가는 당신 자신의 카르마가 된다.'는 말은 진리이다.

어떤 사람이 베트남 출신의 영적 스승 틱낫한에게 물었다.

"피안에 도착해서도 여전히 고통을 경험합니까?"

깨달음에 이른 후에도 고통받는 일이 생기느냐는 질문이었다. 이에 틱낫한은 말했다.

"물론이다. 고통스러운 일은 일어난다. 그러나 그것을 다루는 기술을 알고 있으면 그 고통을 행복으로 바꿀 수 있다."

그 기술은 자신이 지금 자기에게 화살을 쏘고 있다는 것을 알아차리는 일이다. 알아차리는 순간 화살 쏘기를 멈추게 된다. 그것이 알아차림의 기적이다.

어머니 고래

_ 삶이 알아서 하리라

영적 교사 앤드류 하비의 저서 『숨은 여행*Hidden Journey*』에 한 남자의 이야기가 나온다. 뉴욕에서 살던 그 남자는 자신의 삶에 회의를 느끼고 하와이의 어느 섬으로 떠나 그곳의 부족민들과 함께 생활했다. 대부분의 시간을 반나체로 지내는 자연인들이었다. 석 달이 지난 어느 날, 부족의 추장이 남자에게 자신들의 일원이며 가족인 고래를 소개해 줄 때가 되었다고 말했다. 부족이 숭배하는 고래인데, 그들이 부르면 섬의 비밀 장소로 와서 그들과 함께 놀아 준다는 것이었다.

추장은 설명했다.

"당신은 물속에서 기다리기만 하면 됩니다. 고래가 당신의 존재를 감지하고 당신에게로 올 테니까요."

부족 사람들은 그 고래를 어머니라고 불렀다. 학식 있는 남자는 추장이 약간 제정신이 아니라고 생각했으며, 자신까지 이상해지기 전에 그곳을 떠나야겠다고 생각했다. 하지만 추장을 좋아했기에 상처 주기 싫어 일단 그 비밀 장소까지 동행하기로 결정했다.

약속한 날, 부족민 전체가 추장을 따라 현무암 바위로 둘러싸인 만으로 갔다. 모두가 웃고 즐거워했다. 남자는 그들을 좋아했기 때문에 자신이 바보가 되는 것에 그다지 신경 쓰지 않았다. 그는 자신이 수영을 할 줄 모른다는 걸 떠올리고 추장에게 그 사실을 말했다. 그것으로 이 소동이 일단락되리라고 생각했다.

그러자 추장이 말했다.

"걱정할 필요 없어요. 내가 일러 주는 바위를 붙잡고 있으면 됩니다. 나머지는 어머니가 알아서 할 테니까요."

남자는 하는 수 없이 추장이 시키는 대로 바위 있는 곳으로 가서 옷을 벗고 떨리는 몸을 물속에 담갔다. 그러자 부족 사람들이 뒤에서 일제히 노래를 부르기 시작했다. 그 순간 그의 삶에서 가장 놀라운 일이 일어났다. 다른 사람이 이야기했다면 전혀 믿지 않았을 일이.

500미터쯤 떨어진 곳에서 그때까지 본 것 중에 가장 큰 검은 고래가 수면 위로 떠올랐다. 반짝이는 흑단 같은 등이 태양 아래 모습을 드러냈다. 그 순간, 그가 그때까지 현실이라고 믿었던 세계가 뒤집혔다. 그는 겁에 질렸으며, 자신이 수영을 할 줄 모른다는 사실이 떠올라 작은 바위를 꼭 움켜잡았다.

하지만 남자는 느꼈다. 고래가 그의 공포를 느끼고 그에게 따뜻한 치유의 파도를, 순수한 기운을 보내 주고 있다는 것을. 그것을 달리 표현할 길이 없었다. 어떤 언어로도 설명할 길이 없었다. 분명 고래는 그의 두려움을 느꼈으며, 그가 헤엄칠 줄 모른다는 걸 알았고, 그래서 사랑이라고밖에 부를 수 없는 파도를 연거푸 그에게 밀어 보내고 있었다.

고요하고, 강하며, 인간 차원의 것이 아닌 거대한 사랑의 에너지였다. 그가 할 일은 그 에너지를 받아들이고 모든 일이 잘될 것이라고 믿는 일이었다.

이윽고 고래가 움직이기 시작했다. 잠시 후에야 남자는 고래의 행동을 이해할 수 있었다. 고래는 그가 파도를 뒤집어쓰거나 물에 빠지지 않도록 아주 천천히 수평으로 움직이면서 한 번에 몇 미터씩만 다가왔다.

마침내 고래가 남자의 바로 옆까지 왔다. 남자는 너무나 압도되어 어떻게 해야 할지 몰랐다. 그러자 추장이 바위 위로 와서 남자의 머리를 어루만지며 말했다.

"어머니를 만져요. 어서요. 당신의 어머니를 만져 보고 싶지 않아요?"

남자는 떨리는 손을 뻗어 고래의 매끄럽고 까만 피부를 만졌다. 고래는 몸을 뒤집어서 배도 만질 수 있게 했다. 그가 마치 자신의 사랑스러운 아이인 것처럼. 그런 다음 고래는 물속으로 소리 없이 사라졌다.

고래가 너무도 조용히 떠나갔기 때문에 단지 시간 속에서만 헤어진 느낌이 들었다. 그가 고래를 만나고 고래가 그에게 마음을 연 그 차원에서는 시간도 없었고 헤어짐도 없었다. 그 차원에서 그들은 영원히 하나였다.

남자는 이제 두렵지 않았다. 경이로움이 두려움을 압도했다. 고래의 배가 손가락에 스치는 순간 지구의 사랑을 느꼈다. 그는 바위를 붙잡고 있던 손을 놓고 물속으로 헤엄쳐 들어갔다. 그리고 자신이 물에 떠 있을 수 있음을 알고 다시금 벅찬 전율과 환희를 느꼈다.

그는 어머니 고래를 다시는 만날 수 없었지만 자신이 언제나 사랑의 에너지에 둘러싸여 있음을 분명히 느낄 수 있었다. 그 후 그의 세계관이 달라졌다. 돌처럼 삶 속으로 가라앉을 것 같았던 두려움이 삶의 바다를 헤엄쳐 나갈 수 있다는 확신으로 바뀌었다. 그리고 나머지는 삶이 알아서 하리라는 것을 알았다. 바위를 움켜잡고 있는 두려움에 찬 손을 놓기만 하면, 삶이 알아서 하리라는……

잘못 베낀 삶

_ 즐겁게 살라는 것

젊은 예비 수도자가 있었다. 그가 새 수도원으로 배치받았을 때 그에게 주어진 임무는 고참 수도자들의 경전 필사를 보조하는 일이었다. 그 유서 깊은 수도원의 수도자들은 수 세기에 걸쳐 경전 필사하는 일을 해 오고 있었다. 한 세대가 원본 경전을 필사하면 그다음 세대가 그 필사본을 베껴 적고, 또 그다음 세대의 수도자들이 앞 세대의 필사본을 다시 베껴 적는 방식이었다. 원본과 각 세대의 필사본들을 보존하기 위한 지혜로운 방법이었다. 그들이 필사한 경전은 권위를 가지고 다른 수도원으로 전해져 신앙 생활의 기준이 되었다. 따라서 그들의 경전 필사는 한 글자의 오차도 없어야 하는 중요한 작업이었다.

필사자들을 도우며 두세 달을 보낸 젊은 수도자는 한 가지 의문에 사로잡혔다. 만약 누군가가 단어 하나라도 잘못 베껴 적는다면 나중 세대들은 그 사실을 모른 채 틀린 내용을 계속해서 필사할 것이 아닌가? 신성한 원본을 매번 꺼내 볼 수도 없기 때문에 현재의 필사본의 진위를 누구도 대조하지 않고 있었다. 오류가 바로잡히지 않은 채 후대로 전해진다면 큰 문제가 아닐 수 없었다. 그래서 젊은 수도자는 수도원장을 찾아가 자신의 의문점을 이야기했다.

그러자 수도원장이 말했다.

"그대도 알다시피 우리는 수 세기 동안 경전 필사를 해 온 전문가들이다. 우리 수도원의 수도자들은 엄격한 독신 생활과 금욕을 실천하며 이 일을 해 온 것으로 정평이 나 있기 때문에 오류가 발생할 리 없다. 하지만 그대의 의문도 완전히 틀린 생각이 아니다. 만약의 경우를 위해 지금쯤 원본과 필사본을 대조해 볼 필요가 있을 것 같다."

다음 날 아침 일찍 수도원장은 원본이 소장된 지하 보관소로 향했다. 수백 년 동안 한 번도 출입하지 않은 문이었다.

오후가 되어도 수도원장의 모습이 보이지 않자 젊은 수도자는 염려가 되었다. 오랜 세월 밀폐되어 있던 곳이라서 무슨 일이 생긴 것이 아닐까 하는 불길한 생각마저 들었다. 젊은 수도자는 서둘러 지하 계단을 내려가 원본 보관소의 문을 열었다. 그러자 희미한 조명 속에 수도원장이 벽에 머리를 찧으며 울고 있었다.

젊은 수도자가 놀라서 물었다.

"무슨 일입니까? 무엇이 잘못되었나요?"

늙은 수도자가 울음 섞인 목소리로 말했다.

"원본에는 '즐겁게 살라celebrate'는 것이었어. '독신 생활을 하라celibate'가 아니었어."

수 세기에 걸쳐 인간은 다른 사람의 삶을 추종하고 모방해 왔다. 종교와 수행도 그 점에서는 예외가 아니다. 그런데 혹시 누군가가 도중에 '기쁨'을 '심각함'으로 잘못 베끼고, '웃음'을 '근엄함'으로 틀리게 적고, '즐거움'을 '죄'로 혼동하지는 않았을까? '예찬'을 '무덤덤함'으로, '행복'을 '소유'로 옮겨 적는 실수를 저지르지는 않았을까? 그래서 우리 역시 잘못된 필사본을 후대에 전하고 있는 것은 아닐까?

자신이 누구인가에 대한 정의도 마찬가지다. 만약 우리가 가지고 있는 자아관이 중간 필사자의 오류에서 비롯된 것이라면 어떻게 할 것인가? 그래서 그 잘못된 정의가 우리를 자유롭게 하기보다 감옥에 가두고 있다면? 우리는 세상의 정의를 의심 없이 받아들이도록 교육받는다. 그런데 만약 그 정의가 오류라면 어떻게 할 것인가? 여러 세대의 필사자들을 거치면서 '불완전함도 완전함의 일부이다'가 '불완전함은 완전함의 반대이다'로, '우리는 인간이라는 경험을 하는 영적 존재이다'가 '우리는 영적 경험을 하는 인간이다'로 잘못 필사될 가능성은 얼마든지 있지 않을까?

그렇다면 혹시 '신'이라는 단어의 정의도 중간 필사자의 오류가 섞이지 않았을까? '죽음'에 대한 정의는? '구원'과 '깨달음'에 대한 해석들은?

모두가 신성시하는 원본일수록 누구도 대조하려는 시도를 감히 하지 않기 때문에 오류의 가능성이 더 크다. 혹시 '고통'에 대한 잘못된 정의가 우리를 더 고통스럽게 만들고 있지나 않을까? 움베르토 에코의 소설 『장미의 이름』에서 '웃음'에 대한 책이 수도원의 금서로 봉해져 있는 것은 의미하는 바가 크다.

나아가 만약 원본 자체도 오류투성이라면? 세상의 신비 앞에서 종교들은 우리가 모든 것을 안 적이 없었다는 것을 인정해야 하지 않을까? 그럼에도 불구하고 우리는 인간과 신에 대한 오래된 이야기를 믿을 뿐 아니라, 자기 자신에 대한 오래된 이야기를 의심 없이 받아들이며 살아간다.

한 가지 기준은 있다. 자기 자신에 대한 정의이든, 신에 대한 정의이든, 혹은 인생에 대한 정의이든 자신의 진실한 경험에서 나온 것이 아니라 외부에서 온 것이라면 오류가 섞여 있을 가능성이 크다. 특히 우리를 삶 속의 '경험'이라는 축제celebration로부터 차단시키는 금지 목록들은 더욱 그렇다. 모든 정의는 베껴 적은 것이고 과거의 것이다. 삶에 대한 정의가 우리를 깨우지 않는다면, 우리는 그 정의 속에 잠들게 된다는 말은 중요한 진리이다.

모든 경전과 철학서들은 여행 서적과 같다. 세상에는 떠나지 않고도 장소에 대한 매력을 갖게 하는 책들이 많다. 그러나 정말로 떠나지 않는다면 그것이 무슨 의미가 있는가? 그 여행서들이 가진 오류를 누가 발견할 것인가?

즐겁고, 자유롭고, 자발적으로 사는 것을 방해하는 교리들은 잘못 베낀 것일 가능성이 높다. 모든 정의와 도그마를 넘어 두려움 없이 지금 이 순간의 삶 속으로 들어간다면 언제든 진리를 발견할 수 있다. 그것이 살아 있는 경전이다. 인생은 필사본이 아니라 각자 스스로 써 나가는 책이다. 우리는 예술가이며 예술 그 자체이다.

죽음 앞에서

_ 절실함을 무력화시키는 일상

열 살 무렵에 나는 급성 신장염을 앓았다. 증상이 심해 두 달 가까이 학교를 다니지 못했으며, 어머니의 등에 업혀 마을의 유일한 병원인 보건소에 가서 이틀에 한 번씩 혈관주사를 맞아야 했다. 몸이 붓고 소변을 볼 수 없어 소금이 든 음식은 일절 먹을 수 없었다. 아무리 해도 병이 차도를 보이지 않자, 하루는 술탁보 공의─당시는 공중보건의를 그렇게 불렀다─가 어머니를 한쪽으로 불러서 말했다.

"이 아이는 치료가 어렵습니다. 일시적으로 나아진다 해도 오래 살지 못할 거예요."

어머니는 울면서 나를 업고 집으로 왔고, 나는 그 당시 흔했던 유아 사망의 한 예가 될 운명이었다. 의사가 내린 사망 선고는 어린 나에게도 지울 수 없는 영향을 미쳤다. 겨울이었는데, 언제나

방 아랫목을 차지하고 누워 있던 나는 스스로 윗목으로 이부자리를 옮겼다. 어차피 죽을 텐데 가난한 가족들의 짐이 되는 것이 싫었다. 내가 할 수 있는 것은 가만히 누워서 죽음을 기다리는 일밖에 없었다. 어머니는 포기하지 않고 나를 업고 가서 주사를 맞혔다.

시름시름 앓는 사이 겨울이 지나갔다. 남향집이라서 창호지 문으로 봄 햇살이 비쳐 들었다. 기어 나가 방문을 열었더니 정말로 마당 가득 봄이 와 있었다. 마지막 봄이라고 생각해선지 괜히 기분이 설레었다. 겨우 몸을 일으켜 마당 한쪽의 화단으로 가서 흙을 헤쳐 보니 화초 싹들이 파릇파릇 올라와 있었다. 내 몸과 마음에도 봄기운이 스몄다.

그날부터 나는 공의에게 놀라움을 안기며 '기적적으로' 병이 나았고, 다시 내 발로 걸어 학교를 다닐 수 있게 되었다. 그러나 일시적으로 낫는다 해도 오래 살지 못할 것이라는 의사의 말이 마음 한구석에 박혔다. 죽음이 늘 내 옆 어딘가에서 기다리고 있었다. 그것이 사춘기 시절에는 우울한 운명론자가 되게도 했지만, 인생을 더 절실하게 살게끔 만든 원인이 되었다. '오늘이 마지막 날인 것처럼 살라.'라는 말은 나에게 단순한 잠언 이상이었다.

매번 '이번 책이 나의 마지막 번역서가 될 것이다.'라거나 '나의 마지막 시집이 될 것이다.'라고 말할 때마다 주위 사람들은 영문을 몰라 했다. 실제로 그런 마음으로 살아야 했다. 내일 어떻게 될지 알 수 없었기 때문이다. 비장하거나 심각하게 살았다는 것이 아니다. 내일 인생이 끝날지도 모른다는 것을 알면 오늘이 훨씬 소중하고 기쁘다.

신장염은 나았지만, 여러 번 죽을 고비를 넘겼다. 열 명이 넘는 일본인들과 수십 명의 셰르파들이 눈사태로 목숨을 잃은 히말라야 트레킹에서는 구사일생으로 살아남았다. 그 이후로 나는 내가 사는 삶이 덤이라는 생각을 더욱 갖게 되었다. 트럭을 얻어 타고 네팔 산길을 내려오다가 운전사가 조는 바람에 50미터 낭떠러지 절벽에 트럭의 반만 걸려 있었던 적도 있다. 그 이후로 내 삶은 덤의 덤이 되었다. 10만 명이 숨진 구자라트 대지진 하루 전날 나는 그 지역에 도착하기로 되어 있었으나 힌두 대축제 때문에 기차 지붕까지 올라탄 사람들을 보고 여행지를 바꾸었다. 바라나시 폭탄 테러 때는 불과 1분 전까지 그 장소에 있었다.

이것이 어디 나만의 일이겠는가? 인생은 끝없는 기적의 연속이고, 간발의 차이로 살아남고, 신의 극적인 구조의 손길이다.

대문호 도스토예프스키는 아버지가 농민들 손에 처참하게 살해되는 광경을 보고 충격을 받아 열여섯 살 이후 평생 동안 간질에 시달렸다. 스물여덟 살 때는 혁명 운동에 가담한 혐의로 체포되어 총살 선고를 받았다. 독방에서 지내던 어느 날, 스물세 명의 사형수들과 함께 페테르부르크 광장의 사형집행장으로 끌려갔다. 죄수들은 세 명씩 말뚝에 묶였다.

방아쇠가 당겨지려는 마지막 순간, 한 병사가 "집행 중지!"를 외치며 달려왔다. 황제의 특별 감형이 내려진 것이다. 죽음 직전에 갑자기 자유인이 되었다. 같이 밧줄에 묶여 있던 친구 하나는 이 일을 겪은 후 미쳐 버렸지만, 도스토예프스키는 죽음의 나락에서 갑자기 부활한 그 순간을 결코 잊지 않았다. 그는 남은 생을 문학에 바쳐 '이미 죽은 사람들이 깨달은 것'을 표현하겠노라고 다짐했다.

"과거를 되돌아보며 내가 얼마나 많은 시간을 낭비했는가 생각했다. 삶은 하나의 선물이다. 매 순간이 축복의 순간일 수가 있다. 나의 낡은 머리는 떨어져 나갔으며, 나의 심장은 나와 함께 남았다. 사랑하고 고뇌하고 갈망하고 기억할 수 있는 살과 피가 남았다."

유배 생활 4년을 마치고 돌아온 도스토예프스키는 『죽음의 집의 기록』 『지하 생활자의 수기』 『카라마조프 가의 형제들』 『죄와 벌』 등 불후의 명작들을 탄생시켰다.

우리에게 주어진 날들이 영원하지 않음을 알면 삶이 그만큼 더 소중해진다. 자신이 간발의 차이로 살아남은 행운아임을 안다면 무의미한 고민이나 일들로 시간을 낭비하지 않게 된다. 주어진 날들이 선물처럼 다가온다. 더 절실하게 아침을 맞이하고, 더 깊이 사랑하게 된다. 가장 아까운 것이 '매 순간을 살지 않은 삶'이라는 것을 깨닫는다. 우리가 시작해야 하는 가장 창조적인 행위는 삶의 매 순간을 붙잡는 일이다.

대재앙이 일어나리라는 걸 알면 사람들이 어떻게 행동할 것 같은가를 묻는 프랑스 일간지의 질문에 소설가 마르셀 프루스트는 이렇게 답했다.

"우리가 죽음의 위협을 받으면 삶이 갑자기 멋있어 보인다. 삶이 얼마나 많은 계획, 여행, 사랑, 배워야 할 것들을 숨겨 놓고 있는지 생각해 보라. 우리의 게으름으로 인해 미래의 어느 순간으로 끊임없이 미루고 있는 그것들을. 하지만 그것들이 영원히 불가능해질 위기에 처하면 그것들은 다시 아름다워진다. 아, 대재앙이 지금 일어나지 않는다면 많은 것을 하리라! 새로운 화랑들을 구경하고, 사랑하는 사람에게 자신을 내던지고, 인도로 여행 갈 기회를 놓치지 않으리라……. 하지만 대재앙은 일어나지 않으며, 우리는 그 일들 중 어떤 것도 하지 않는다. 얼마 지나지 않아 게으름이 절실함을 무력화시키는 일상의 삶으로 돌아간다. 그러나 오늘의 삶을 사랑하기 위해 대재앙이 반드시 필요한 건 아니다. 그것은 우리가 유한한 존재라는 것을, 그리고 죽음이 오늘 밤에 찾아올지도 모른다는 것을 생각하는 것만으로도 충분하다."

어느 추장 이야기

_ 인디언들의 버리고 떠나기

아메리카 인디언들은 사람의 이름을 정할 때 구체적인 사건이나 사물의 명칭을 따서 지었다. 이를테면 모두가 어디를 가기로했는데 한 사람이 가기 싫어했다면 그 사람의 이름을 '가기싫다'라고 부르는 식이다. 비를 맞으며 부족에 처음 온 남자는 '얼굴에 내리는비'로 불렸고, 사납게 달려드는 암소의 두 귀를 잡고 끝까지 밀어붙여 웅덩이에 주저앉힌 아이의 이름은 '앉은소(시팅 불)'가 되었다. '어디로갈지몰라', '아직끝내지못한일', '너잘만났다' 등의 이름들이 그렇게 해서 정해졌다. 자신보다는 남에게 더 많이 사용되는 이름의 특성상, 이러한 작명법은 남들이 자신을 어떻게 부르는가에 따라 자신을 돌아보는 기회가 되기도 했다.

치페와 족의 인디언 치료사 태양곰(선 베어)에 따르면, 대부분의 북미 인디언 사회에서 추장은 세습제가 아니라 부족민들의 동의에 따른 선출제였다. 부족 회의 때도 추장을 비롯해 모든 부족민이 원을 그리고 앉아 동등하게 의견을 말했다. 민주적 절차에 의해 추장으로 선출되었다 해도 부족 사람들의 뜻에 따를 때만 그 지위가 보장되었다.

만약 추장이 독단으로 중요한 결정을 내리거나, 부족의 이익에 반하는 지시를 하거나, 부족민들의 의사에 상반되는 협정을 다른 부족과 맺으면 인디언들은 밤에 추장만 남겨 두고 티피(천막)를 챙겨 다른 곳으로 떠나 버렸다. 그래서 아침에 눈을 떴을 때 추장은 마을에 혼자 남겨진 자신을 발견하곤 했다. 인디언들은 추장을 바꾸기 위해 백인들처럼 구태여 4년이나 5년을 기다릴 필요가 없었다.

'아무리말해도못알아들어' 추장이 있었다. 이 추장은 어느 날 아침 잠에서 깨어났을 때 무엇인가 이상함을 느꼈다. 파란색 천막 주위에서 쏟아지는 햇빛과 새소리는 변함없었지만, 낯선 적막감이 자신의 처소를 에워싸고 있음을 알아차렸다. 그는 천막 밖으로 나와 충실한 부하 '언제나말잘들어'를 불렀지만 아무 대답이 없었다. 그 부하도 아침에 눈을 뜨고 이상한 정적에 놀라 텅 빈 마을을 헤매 다니고 있었기 때문이다. 그때 멀리서 부추장 '시키는대로해'가 헐레벌떡 달려왔다. 그는 마른침을 삼키며 부족민들이 밤 사이에 모두 다른 곳으로 떠나 버렸음을 추장에게 고했다.

이 추장은 얼마 전 강 건너 마을의 '인간이되려면아직멀었어' 부족과 평화협정을 맺었다. 그들이 이쪽 부족의 딸들을 유린해 놓고 여자들이 제발로 걸어온 것이라고 거짓말을 일삼는데도 그 들에게서 '반짝이지만가짜야'라는 이름의 가짜 금을 한 자루 받 고 협정을 맺은 것이다. 상처 입은 부족의 딸들에게는 알리지도 않은 채. 결국 부족민들의 추장에 대한 믿음은 초가 타들어 가 듯이 전부 녹아 버렸다.

이 추장은 또한 '혼자서는아무것도못해'라는 이름으로도 불렸 는데, 사악한 주술사 '전부다내가가질거야'가 그의 뒤에서 모든 일들을 조종하며 부족 전체의 재산을 사유화하고 몇 명의 충실 한 부하들과 함께 전횡을 일삼았기 때문이다.

이것은 조상들로부터 내려오는 〈아메리카 인디언들의 도덕률〉 에 있는 세 번째 지침에도 어긋나는 행동이었다.

"그대 스스로 자신을 찾아 나가라. 다른 사람이 그대를 대신해 그대의 길을 정하게 하지 말라. 그것은 그대의 길이고, 그대 홀로 걸어가야 하는 길이다. 다른 사람이 함께 그 길을 걸을 수는 있 지만, 누구도 그대를 대신해 걸을 수 없다."

또한 이 추장은 과거 자신의 아버지도 오랜 기간 추장을 지냈 고 어린 시절을 추장의 딸로 살았기 때문에 부족 전체의 것과 자신의 것을 잘 구분하지 못했다. 이것은 〈도덕률〉의 다섯 번째

157

지침에 위반되는 일이었다.

"개인이나 공동체, 또는 자연이나 문화로부터든, 그대의 것이 아니면 결코 취하려 하지 말라. 그대의 힘으로 얻은 것이 아니거나 그대에게 허락된 것이 아니면 그대의 것이 아니다."

결국 부족민들은 떠나고 '아무리말해도못알아들어' 추장은 백 년 동안의 고독 속에 남겨졌다.

별이 보이는가

_ 모든 진리를 가지고 오지 말라

티베트 불교에 족첸이라는 수행법이 있다. 족첸은 '스스로 완전한 상태'라는 의미로, 티베트의 참선 명상이라 할 수 있다. 어떤 현상에도 마음의 흐트러짐 없이 깨어 있는 상태를 유지하는 것이 핵심이다. 마음 본래의 상태가 이미 완전하므로 우리에게 필요한 것은 오직 '알아차림', 즉 자각이라는 것이다. 예를 들어 하늘에는 흰구름, 먹구름이 펼쳐지지만 곧 파란 하늘로 사라지는 것처럼, 망상 같은 생각들도 잠깐 일어났다가 마음의 '공성'으로 사라진다. 따라서 지금의 생각들보다 더 큰 마음의 상태가 있다는 것을 알아차리는 것이다. 앉아 있든 누워 있든, 혹은 걷고 있든 항상 이 알아차림을 잊지 말아야 한다고 족첸의 스승들은 가르친다.

위대한 족첸 수행의 지도자 뇨술 룽톡은 파트룰 린포체 스승

밑에서 수년간 수행했으며, 하루도 스승 곁을 떠난 적이 없었다. 그럼에도 족첸이 무엇인지 알지 못했다. 어느 고요한 밤, 스승이 그를 데리고 뒷산으로 올라갔다. 스승은 바닥에 눕더니 뇨술도 옆에 눕게 하고 물었다.

"그대는 마음의 본질을 알지 못한다고 했지?"

그렇다고 하자 스승이 말했다.

"하늘에서 반짝이는 별이 보이는가?"

"네, 보입니다."

"마을의 개 짖는 소리가 들리는가?"

"네, 들립니다."

그러자 스승은 말했다.

"이것이 그것이다. 단지 이것뿐이다."

이에 뇨술은 그동안의 모호함을 깨치고 분명하게 알았다.

다음과 같은 일화도 있다. 가식 없이 살아가는 한 족첸 수행자가 있었는데, 많은 제자들이 따랐다. 자신의 지식을 자랑하는 학자가 그에게 질투를 느꼈다. '책을 읽지도 않는 저따위 평범한 자가 어떻게 다른 사람을 가르칠 수 있지? 내가 가서 그의 지식을 시험해 봐야겠다. 그가 사기꾼임을 보이고 그의 제자들 앞에서 망신을 줘야지. 그럼 제자들이 그를 버리고 나를 따를 거야.'

학자는 수행자를 찾아가 경멸하는 투로 말했다.

"너희들은 고작 명상밖에 하는 짓이 없냐?"

수행자의 대답이 그를 깜짝 놀라게 했다.

"명상할 게 있기나 한가?"

학자는 의기양양해져서 고함을 쳤다.

"그럼 너희들은 명상조차 하지 않는단 말인가?"

그러자 수행자가 말했다.

"내가 언제 마음이 흩어진 적이 있었던가?"

이런 이야기들을 알고 있음에도 나는 여전히 족첸을 이해하지 못했다. 그래서 네팔인 친구의 안내를 받아 카트만두 근교의 티베트 사원으로 어느 린포체를 만나러 갔다. 족첸에 관한 가르침을 청하자 그 린포체는 반갑게 맞으며 버터 차와 비스킷을 권했다. 차를 다 마시고 나서 그는 족첸은 어렵고도 심오하기 때문에 몇 마디로 설명하는 것이 불가능하며 최소한 열흘은 그곳에서 생활해야 한다고 말했다. 내가 열흘 정도는 문제 없다고 하자 그는 금방 말을 바꿔, 열흘은 빠듯하고 한 달은 필요할 것이라고 했다.

한 달도 지낼 수 있다고 하자 린포체는 흠칫 놀라며 솔직히 말해 족첸의 기본을 배우는 데만 석 달이 걸리고, 제대로 터득하려면 일 년도 부족하다고 다시 말을 바꿨다. 히피처럼 보이는 장발의 외국인을 그냥 돌려보내려는 심산이었다. 하지만 나는 일 년도 거뜬히 있을 수 있다고 장담했고, 린포체는 고개를 저으며 다시 3년으로 늘렸다가 5년으로 연장했다. 함께 간 네팔인 친구가 무안해할 정도였다.

나는 오기가 나서 이번 생을 다 바쳐서라도 그의 밑에서 족첸을 배우겠노라고 허공에 손가락을 찌르며 선언했다. 약간 높은 네모난 법상 위에 앉은 린포체는 몹시 당황하며 이마를 한 번 훔치더니 내 앞으로 몸을 숙여, 사실 자신은 족첸에 대해 잘 모르며, 정말로 배우고 싶다면 다른 사원의 아무개 린포체에게 가는 것이 좋을 것이라고 말했다. 결국 나는 아무 소득도 얻지 못하고 그곳을 나올 수밖에 없었다.

그것이 십수 년 전의 일이다. 나는 아직도 족첸을 제대로 알지 못하며, 그래서 여전히 그것에 대해 알려고 하고, 무엇을 하든 마음이 흐트러지지 않는 자각 상태를 유지하려고 노력한다. 그 린포체는 족첸에 관해 설명해 줄 수도 있었다. 티베트 명상의 대가이므로 그리 어려운 일이 아니었다. 만약 그때 그가 그렇게 했다면 나는 족첸을 이해했다고 생각하고 그곳을 나왔을 것이다. 그리고 사람들에게 족첸에 대해 설명했을 것이다. 머릿속에 또 하나의 지식이 늘었을 것이고, 나의 에고가 그만큼 커졌을 것이다. 본연의 마음은 그만큼 가려졌을 것이다. 그 결과 족첸의 참 의미에서 더 멀어졌을 것이다.

그렇게 하는 대신 그 린포체는 내 안의 의문이 더 깊어지게 만들었다. 깊어진 의문은 스스로 해답을 찾게 되어 있다. 그 추구의 시간을 단축시켜 주려고 미리 해답을 제공하는 것은 삶을 빼앗는 일이다. 필요한 시간을 들여 한 걸음씩 알아가는 기쁨까지도. 새는 알에서 나올 때 두 다리로 힘껏 껍질을 깨고 나온다. 이때 사람이 껍질을 깨 주면 다리 힘이 부족해져서 잘 날지 못하고 도 태된다고 한다. 필요한 과정이 생략되었기 때문에 다리의 힘이 약해서 땅을 박차고 날아오를 수 없는 것이다.

상처는 설명을 듣는다고 낫지 않으며, 시간이 걸려야 아물고 새살이 돋는다. 의문이 깊으면 문이 열린다. 문제를 살아야만 해 답을 발견할 수 있다. 뇨술은 파트룰 스승에게서 '별이 보이는 가?'라는 한 마디를 듣는 데 18년이 걸렸다. 그 이후에도 나는 여 러 차례 네팔의 그 린포체를 찾아갔으나 그는 여전히 차와 비스 킷을 권하며 반갑게 웃을 뿐이었다.

프랑스 철학자 질 들뢰즈는 "우리는 '나처럼 해 봐.'라고 말하 는 사람 곁에서는 아무것도 배울 수 없다. '나와 함께 해 보자.'라 고 말하는 사람만이 우리의 스승이 될 수 있다."라고 했다. 내 기 억에 남아 있는 스승들도 그런 이들이다. 해박하고 논리정연한 설명보다 존재로써 보여 주고 묵언 속에 나의 진면목과 마주하도 록 도와준 이들, 나 자신의 강력한 의지 안에서 진정한 자유에 이르게 해 준 이들이다.

세상에는 마음의 세계에 대해, 삶과 진리에 대해 설명하는 이 들이 많다. 그들은 모든 병에 정통한 의사처럼 해답을 제시한다. 그러나 공식처럼 들려 주는 설명은 때로는 독과 같다. 이해가 아니라 관념을 심어 주기 때문이다. 진리를 발견했다고 말하는 사람을 따르지 말고 진리를 추구하는 사람을 따르라고 현자들은 권한다.

노르웨이를 대표하는 3인의 현대 시인 중 한 명인 올라브 H. 하우게의 시가 있다.

모든 진리를 가지고 나에게 오지 말라

내가 목말라한다고 바다를 가져오지는 말라

내가 빛을 찾는다고 하늘을 가져오지는 말라

다만 하나의 암시, 이슬 몇 방울, 파편 하나를 보여달라

호수에서 나온 새가 물방울 몇 개 묻혀 나르듯

바람이 소금 알갱이 하나 실어 나르듯

당신이 추구의 길에 있을 때, 누군가가 자신이 모든 해답을 알고 있다고 말하면 그를 따르지 말아야 한다. 그 해답은 당신의 목적지가 아닌 그의 목적지로 데려갈 것이기 때문이다. 목말라하는 당신을 위한다고 바다를 주려고 하는 사람은 믿지 말아야 한다. 그것이 당신의 갈증을 해결해 주지는 못하기 때문이다. 빛을 찾는 당신에게 누군가가 하늘을 가져다준다면 당신은 오히려 눈이 멀 것이다.

그렇다면 왜 세상에는 자신이 모든 진리를 알고 있다고 주장

하는 이들이 이토록 많은가. 바다와 하늘을 줄 수 있다고 말하는 이들이. 그것은 우리가 그들을 원하기 때문이다. 우리 스스로 추종자가 될 마음을 이미 갖고 있기 때문이다. 작은 이정표에 의지해 혼자 힘으로 길을 찾아 나갈 인내력을 서둘러 포기했기 때문이다. 불확실성과 껴안기를 두려워하기 때문이다. 벽에 누군가가 문을 그려 놓았다고 해서 문이 아니다. 단지 그것이 문이라고 우리의 마음이 세뇌당했을 뿐이다. 문은 우리 스스로 벽을 뚫어야 만들어진다.

시인 메리 올리버도 썼다.

자신이 해답을 가지고 있다고 생각하는 사람들로부터는
언제나 거리를 두게 하시고
'보라!'라고 말하면서 놀라움 속에 웃는 사람들과는
언제나 가까이 있게 하소서.

상처 주고 상처 받기

_ 테러리스트가 되지 말고 테라피스트가 되라

당신이 나에게 상처를 주기 때문에 나도 당신에게 상처를 준다. 그러므로 당신에게 상처를 주는 것은 결국 나 자신에게 상처를 주는 것과 같다. 내가 받는 가장 깊은 상처는 타인에게 받는 상처가 아니다. 타인을 상처 입힘으로써 나 자신에게 입히는 상처가 가장 크다.

한 여성이 혼자 인도를 여행하던 중 현지인들과 두세 차례 다툼을 벌였다. 주로 릭샤 비용이나 물건값 때문에 일어난 일이었다. 그녀는 사람들이 자신을 속이려 한다고 믿었고, 그들이 힌디어로 말할 때는 자신에게 욕을 하는 것이라고 여겼다. 그래서 힌디어를, 그중에서도 힌디어 욕설을 배우기로 마음먹었다.

그녀는 내가 아는 인도인 청년을 찾아가 힌디어 욕설을 가르쳐 달라고 말했다. 물론 그는 가르쳐 주지 않았다. 하지만 그녀는 포기하지 않고 다른 인도인에게서 열 가지가 넘는 욕을 배워 열심히 외우고 다녔다.

이제 그녀는 인도인들이 일상적으로 쓰는 욕설을 알아듣게 되었다. 따라서 자주 싸움이 붙었다. 현지인들끼리 흔히 주고받는 욕설을 듣고도 그녀는 자신에게 하는 욕이라 여기고 강하게 맞섰다. 물론 욕설을 알기 때문에 그녀 역시 심한 욕설을 퍼부어 현지인들을 놀라게 했다. 몇 차례 경찰이 출동했고, 경찰은 무조건 외국인 편을 들었기 때문에 그녀는 갈수록 의기양양해졌다. 욕설을 배운 이후로 자신이 더 강해졌으며, 사람들이 자신을 함부로 대하지 않게 되었다고 그녀는 믿었다.

그러나 실제로는 모두가 그녀를 피하게 되었다. 그녀가 들어가면 식당 주인은 식재료가 떨어졌다는 등의 핑계를 대며 그녀를 거부했고, 알리바바 바지를 다른 가게보다 10루피(200원) 더 받으려 했다고 봉변을 당한 옷가게는 서둘러 문 닫는 시늉을 했다. 골목에 서서 얘기를 나누던 청년들이나 장난을 치며 놀던 아이들도 그녀가 나타나면 갑자기 조용해졌다.

결국 이 여행에서 그녀가 얻은 것은 아무것도 없었다. 나는 노천 찻집에서 그녀를 몇 번 본 적이 있는데 그녀는 매번 혼자였고, 다른 여행자들과도 어울리지 못했다. 나는 왜 그녀가 힌디어의 수많은 문장들을 놔두고 욕설부터 배웠는지 이해가 가지 않는다. 만약 '압 바훗 순다르 헤(당신은 참 아름다워)!'라거나 '함 아즈 쿠스 헤(난 오늘 행복해)!'라거나 '아비 쉬탈 하와 찰 라히 헤(지금 부는 바람이 시원해)!'와 같은 아름다운 말들을 배웠다면 싸울 일이 훨씬 줄어들었을 것이다. 여행이 더 아름답고, 더 행복하고, 더 상쾌했을 것이다.

그녀의 욕설에 상처 입은 사람은 다름 아닌 그녀 자신이었다. 그렇다고 그녀가 인도를 좋아하지 않는 것이 아니었다. 내가 그녀를 보았을 때가 그녀의 세 번째 인도 여행이라고 들었다. 사랑하면서도 미움의 말로 타인과 자신에게 상처를 준 것이다. 그녀는 사람들이 자신에게 상처를 준다고 여겼고, 그래서 사람들에게 상처를 주었으며, 그럼으로써 자신에게 더 깊은 상처와 고립감을 주었다.

테러리스트가 되지 말고 테라피스트가 되어야 한다. 공격자가 아니라 치유자가 되어야 한다. 공격과 치유는 둘 다 공명 현상이다. 어떤 에너지를 보내는가에 따라 동일한 에너지가 돌아온다. 시인 루미는 말했다.

"세상은 산이다. 당신이 말하는 것마다 당신에게로 메아리쳐 돌아올 것이다. '나는 멋지게 노래했는데 산이 괴상한 목소리로 메아리쳤어.'라고 말하지 말라. 그것은 불가능하다."

삶은 우리의 영혼이 우리 자신에 대해 읽는 책이다. 그 책의 다음 장에 무슨 내용이 있는지 페이지를 넘기기 전에는 알 수 없다. 좋은 결론은 책의 후반부에 적혀 있다는 것 외에는. 앞부분의 내용이 슬프다고 이야기가 끝난 것은 아니다. 고통은 지나가고 아름다움은 남는다.

수도승과 전갈

_ 어느 본성을 따를 것인가

  한 수도승이 강에 목욕을 하러 왔다. 옷을 벗고 강으로 걸어 들어가 몸을 담그려는 찰나, 새끼 전갈 한 마리가 물에 빠져 허우적거리는 것이 눈에 띄었다. 전갈은 헤엄칠 능력이 없기 때문에 그냥 두면 익사할 게 분명했다. 집게발을 버둥거리며 가라앉는 전갈의 모습에 연민심을 느낀 수도승은 전갈을 집어 손바닥 위에 올려놓았다. 그리고 물가로 데려다 주기 위해 걸음을 옮기기 시작했다.

  익사 직전에 구조된 전갈은 정신을 차리자마자 꼬리의 독침을 수도승의 손바닥에 박았다. 뜻밖의 일격을 당한 수도승은 극심한 통증에 비명을 질렀다. 그는 본능적으로 전갈을 떼어 냈고, 전갈은 다시 물속에 빠졌다.

  버둥대는 전갈을 보고 수도승은 또다시 연민의 마음이 일어 그 독충을 손바닥 위에 올려놓았다. 그러나 물가에 닿기도 전에 전갈이 재차 독침을 찔렀다. 처음보다 더 강한 독이 팔을 타고 전해졌다. 너무 아파 손을 흔들자 전갈은 또다시 강물에 빠졌고, 이번에도 수도승은 포기하지 않고 다시금 전갈을 구조했다.

강둑에서 이 광경을 지켜보던 한 남자가 보다 못해 소리쳤다.

"전갈을 내려놓아요! 그렇지 않으면 계속 독침에 찔릴 거예요. 전갈은 전갈의 운명에 맡겨요. 독충에게는 자비를 베푸는 것이 무의미해요. 전갈은 변하지 않을 거예요."

그 충고를 무시한 채 수도승은 다시 전갈을 손바닥에 올려놓고 물가로 향했다. 가까스로 물가에 이르렀을 때 전갈이 세 번째로 독침을 박았다. 폐와 심장까지 통증이 느껴졌다. 수도승은 비틀거리면서도 전갈이 물에 빠지지 않게 보호했다. 지켜보던 남자가 황급히 달려와 수도승을 물 밖으로 끌어냈다. 그 틈을 타 전갈은 뒤도 돌아보지 않고 모래사장으로 사라졌다. 수도승은 그 모습을 보며 미소 지었다.

남자가 어처구니없어 하며 물었다.

"이 상황에서 어떻게 미소를 지을 수 있죠? 저놈 때문에 죽을 뻔했잖아요. 전갈은 계속해서 당신을 찌를 게 뻔한데 왜 포기하지 않고 끝까지 구해 준 거죠?"

수도승이 말했다.

"당신 말이 옳소. 전갈은 계속해서 나를 찌를 것이오. 그러나 전갈은 악의를 가지고 찌른 게 아니오. 물의 본성이 젖게 하는 것이듯이, 전갈의 본성은 찌르는 것이오. 따라서 전갈은 자신의 본성을 충실히 따랐을 뿐이오. 전갈은 내가 자기를 안전한 곳으로 데려다 주려고 한다는 걸 깨닫지 못했소. 그것은 전갈의 본성이 다다를 수 없는 의식의 차원이기 때문이오. 하지만 독침으로 찌르는 것이 전갈의 본성이듯이, 위험에 처한 생명체를 구해 주는 것이 수행자의 본성이오. 전갈은 자신의 본성에 충실했고, 나는 수행자의 본성에 충실했소. 여기에 잘못된 건 아무것도 없소. 전갈이 자신의 본성을 저버리지 않는데 내가 나의 본성을 포기할 이유가 무엇이오? 그래서 나는 미소 지은 것이오. 전갈과 나, 우리 둘 다 자신의 본성을 충실히 따랐기 때문이오."

전갈과 벌, 꽃, 새 모두가 자신의 본성에 따라 살아간다. 본성에 따라 독침을 찌르고, 자신을 보호하고, 씨앗을 퍼뜨리고, 둥지를 짓는다. 본성에 따른 그 행위들은 그 자체로 완벽하며, 거기에는 아무런 문제가 없다.

인간의 본성도 그 자체로 완벽하다. 다만, 완벽한 그 본성을 '조금은' 끌어올리는 일도 가능하다. 획득하고, 소유하고, 자신을 보호하는 본능 차원에서 선하고, 나누고, 서로를 살리는 차원으로. 연민심을 느끼고, 인내하고, 관용하는 차원으로. 그 차원이 아주 높은 곳에 있는 것은 아니다. 왜냐하면 인간은 이미 본성

속에 그런 긍정적인 요소들을 지니고 있기 때문이다.

당신은 어떤 본성에 충실한가? 자기 안의 낮은 차원의 본성을 따르는가, 아니면 높은 차원의 본성을 따르는가? 내 안에는 전갈도 있고, 수도승도 있고, 방관자도 있다. 어느 본성에 먹이를 줄 것인가는 자신의 선택에 달린 일이다. 왜냐하면 인간의 본성은 연민과 폭력, 사랑과 증오, 이기심과 이타심, 무시와 존중 등 다양한 속성을 포함하고 있기 때문이다. 마음속 전갈로 세상과 타인을 찌를 수도 있고, 자기 안의 수행자로 인내하며 관용할 수도 있다.

상대방이 당신에게 어떤 행동을 하는가에 관계없이, 그 선택이 당신의 본성을 결정한다. 자신 안의 낮은 차원의 본성을 따르면 당신은 낮은 차원의 자신을 거듭 만날 것이고, 높은 차원의 본성을 따르면 높은 차원의 자신을 실현하게 될 것이다.

뉴욕 9·11 테러 사건 이후에 자주 인용되어 온 이야기가 있다. 아메리카 인디언 체로키 부족에게 전해 내려오는 우화이다. 부족의 원로 전사가 손자에게 삶에 대해 가르치면서, 사람들 마음 안에서 일어나는 전투에 대해 설명했다.

"우리 모두의 마음속에는 두 마리의 늑대가 싸우고 있다. 한 마리는 악한 늑대이다. 그것은 분노이고, 질투이고, 탐욕이다. 거만함이고, 거짓이고, 우월감이다. 다른 한 마리는 선한 늑대이다. 그것은 친절이고, 겸허함이고, 공감이다. 기쁨이고, 평화이고, 사랑이다."

귀 기울여 듣던 손자가 물었다.

"어느 쪽 늑대가 이기죠?"

체로키 노인이 말했다.

"네가 먹이를 주는 쪽이 이기지."

한 개의 기쁨이 천 개의 슬픔을 사라지게 한다

_ 사랑을 잊지 못하는 이유

갠지스 강변에 위치한 바라나시의 게스트하우스에서 한 달 정도 묵은 적이 있다. 붉은 아침 해가 방 안으로 곧바로 들고, 높은 베란다에 앉으면 강 풍경이 훤히 내려다보였다. 강 건너 노란 띠를 두른 유채밭을 배경으로 검은 원숭이가 바나나라도 훔칠까 하고 베란다 난간을 수시로 걸어 다녔다. 두세 집 건너, 일본인 여성이 운영하는 회색 게스트하우스 담에는 핑크색 부겐빌레아가 여주인과 함께 늙어 가고 있었다.

먼 지역에서 온 순례자들은 기다란 대나무를 사서 강에 던지는 풍습이 있었다. 새들이 내려앉을 자리를 마련해 주기 위해서였다. 강의 유속이 느려 대나무 막대기들이 곳곳에 정지한 듯 떠 있고, 그 위로 흰 날개들이 연신 내려앉았다. 먼 히말라야로 겨울이 물러가고 봄이 왔다는 신호였다.

그 구미코 게스트하우스 옆, 여러 세대가 세 들어 사는 낡은 건물에 프리야라는 이름의 어린 여자아이가 있었다. '프리야'는 '사랑스러운 소녀'라는 뜻의 흔한 이름이다. 열 살인데도 제대로 먹지 못해 몸이 가냘프고 두세 살은 어려 보였다. 강가에서 뛰노는 여느 아이들과 달리 프리야는 수줍음이 많고 눈 아래가 파리했다. 어쩌다 보니 나와 가까워져서, 나는 종종 강가 계단에 프리야를 옆에 앉히고 땅콩을 사서 나눠 먹거나 주인 없는 개들에게 비스킷을 던져 주곤 했다.

프리야의 머리가 늘 부스스해서 하루는 내가 게스트하우스로 데려와 샴푸로 머리를 감겨 주었다. 헤어드라이어는 필요 없었다. 봄의 시작을 알리는 축제도 지나서 뜨거운 태양이 금방 말려 주었다.

어느덧 프리야의 머리를 감겨 주는 일이 일과가 되었다. 이삼 일에 한 번씩은 머리를 감기고, 머리가 마르는 동안 땅콩을 까먹고, 행상들이 유혹하며 내미는 간식을 소스에 찍어 먹었다. 샴푸가 떨어지면 둘이 함께 재래시장에 가서 사고, 프리야의 맨발에 맞는 샌들도 샀다. 나중에 알게 되었는데 막내딸인 프리야는 태어날 때부터 몸이 허약해 오래 살지 못할 것이라고 다들 믿고 있었다. 열 살까지 산 것만 해도 기적이라고 했다. 그렇더라도 프리야의 머리에 차츰 윤기가 흐르기 시작한 것은 누구도 부인할 수 없었다.

색색가지의 물감을 서로에게 뿌려 대며 봄의 절정을 축하하는 물감 축제가 막을 내리고, 빨갛고 파란 물감투성이가 된 프리야의 머리를 마지막으로 감겨 주고서 나는 그곳을 떠났다.

그 이후에도 바라나시에 여러 번 갔지만 프리야의 머리를 감겨 주지는 않았다. 이유는 알 수 없다. 프리야가 갑자기 커 버려서 남자 혼자 묵는 게스트하우스 방에 오게 하는 게 신경 쓰였을까? 아니면 혼자 머리를 감을 수 있을 만큼 건강해져서였을까? 삶은 끝없는 반복인 것 같지만, 어떤 일은 쉽게 끝이 난다. 한국에서 좋은 샴푸를 가져다가 선물한 적은 있었다. 아마도 머리숱 많은 언니들이 가로챘을 것이다.

세월이 강처럼 흘러 프리야는 어느덧 대학 졸업반의 처녀가 되었다. 하루는 프리야의 집에 놀러가 그 집 식구들과 앉아 얘기를 나누는데, 갑자기 프리야의 두 살 터울 언니가 말했다.

"프리야는 머리를 감을 때마다 어렸을 때 당신이 자신의 머리를 감겨 준 얘기를 해요. 거의 하루도 빼놓지 않고 말해요."

프리야의 얼굴이 빨개지고, 나도 조금 당황했다. 나는 사실 그 일을 기억조차 하지 못하고 있었다. 그냥 눈 밑이 파리하고 얼마 못 살 것처럼 여리여리한 소녀가 기억 속에 남아 있었을 뿐이다.

건강하게 성장한 프리야, 흑발의 머리를 길게 땋아 내린 어엿한 처녀가 내 앞에 앉아 있었다. 이제는 다른 사람의 머리를 감겨 줄 수도 있는 프리야가…….

우리는 불확실하게 존재하다가 사랑받음으로써 비로소 확실한 존재를 인정받는다. 폴 오스터는 소설 『달의 궁전』에서 이렇게 쓰고 있다.

"나는 절벽 가장자리에서 뛰어내렸지만 마지막 순간에 무엇인 가가 팔을 뻗어 허공에 걸린 나를 붙잡아 주었다. 나는 그것이 사랑이었다고 믿는다. 사랑이야말로 추락을 멈추게 할 수 있는, 중력의 법칙을 부정할 만큼 강력한 단 한 가지의 것이다."

우리는 사랑을 '한다^{do}'라고 말하지만 실제로는 사랑을 '사는 ^{live}' 것이다. 나는 내가 강한 사람이지만 동시에 약한 존재라는 것을 안다. 인간은 겨울을 견디는 나무이면서 또한 연약한 나뭇 잎이다. 내게는 삶을 경이롭게 바라본 경험도 있고, 상처 받은 경 험도 있다. 성공한 경험과 실패한 경험도 있으며, 소유와 상실의 경험도 있다. 자비심을 발휘한 적도 있고, 참을성을 잃은 적도 있 다. 껴안은 적도, 주먹을 날리고 싶었던 적도 있다. 그 모든 감정 상태 중에서 결국 내가 죽을 때 기억하는 것은 사랑하고 사랑받 은 경험일 것이다. 우리가 사랑을 잊지 못하는 것은 절벽에서 떨 어지는 것 같은 그때, 누군가가 팔을 뻗어 우리를 붙잡아 추락을 멈추게 해 주었기 때문이다.

고통은 지나가고 아름다움은 남는다
_ 빛은 상처를 통해 들어온다

페마 초드론은 뉴저지 주의 중상류 가정에서 막내로 태어났다. 미국 최고의 여자 사립 고등학교인 미스 포터즈 스쿨을 다니고 학비가 비싸기로 유명한 뉴욕 사라 로렌스 칼리지에서 공부했다. 졸업 후 변호사와 결혼해 딸 하나, 아들 하나를 낳았다. 캘리포니아로 이주한 후에는 UC 버클리대학에서 석사학위를 따고 초등학교 교사가 되었다. 남부럽지 않은 삶이었다.

그런데 몇 년 만에 상황이 달라졌다. 성격 차이로 이혼한 그녀는 얼마 후 작가와 재혼해 뉴멕시코 주로 이사했다. 그곳에서도 교사 생활을 계속하며 첫 남편과의 사이에서 난 아이들을 키웠다. 어느 이른 봄날, 그녀가 멕시코 스타일의 벽돌집 앞마당에 서서 평화롭게 차를 마시고 있는데, 차 한 대가 올라오는 소리가 들렸다. 이윽고 차문이 꽝 하고 닫히더니 집 모퉁이를 돌아 남편이 나타났다. 8년 동안 함께 산 그는 마당에 선 채로 그녀에게 선언했다.

"우리 둘 사이엔 문제가 있어. 나한테 다른 여자가 생겼어. 이혼해 줘."

그 순간 모든 것이 정지했다. 그냥 하늘이 참 넓다는 것과, 집 옆으로 흘러가는 개울물 소리와 찻잔에서 올라오는 김이 느껴졌다. 시간도 사라지고, 생각도 멈추고, 아무것도 없었다. 단지 빛과 무한한 고요만이 있었다. 이윽고 정신을 수습한 그녀는 돌멩이 하나를 집어 그에게 던졌다.

큰 자동차 사고를 당한 것과 같았다. 두 번째 이혼 후 사람들은 그녀를 위로하기 위해 영화관에 데려가고, 레스토랑으로 불러내고, 술을 마셨지만 상처와 고통에서 헤어나지 못했다. 불행 속에 5년이 흐른 어느 날, 그녀는 우연히 어떤 사람의 픽업 트럭 앞좌석에 놓인 잡지를 들춰 보게 되었고, 그곳에서 한 티베트 승려가 쓴 '부정적인 감정은 전혀 잘못된 것이 아니다.'라고 시작하는 글을 읽었다. 그녀는 연신 고개를 끄덕이며 그 글을 읽어 내려갔고, 자신이 통과하고 있는 감정들이 잘못된 것이 아니며, 그 생생한 감정들이 자신을 더 본질적인 세계로 인도할 수 있음을 알았다.

자신에게 필요한 것은 남자가 아니라 마음 수행이라는 것을 깨달은 그녀는 삭발을 하고 티베트 불교에 입문했다. 그리고 고통을 회피하는 것이 아니라 고통을 수단으로 마음의 세계에 다가

갔다. 두려움, 분노, 실망 같은 부정적 감정의 시간들은 마음의 왜곡된 지점을 알아차리는 좋은 기회이기 때문이다. 세상의 어떤 것도 영원하지 않으며, 영원하지 않은 것에 대한 집착이 고통을 부른다는 것을 깨달았다. 그렇게 해서 페마 초드론은 티베트 불교에서 정식으로 계를 받은 첫 번째 미국 여성이 되었다. 그리고 북미 대륙에 세워진 최초의 티베트 절인 감포 승원의 책임자가 되었다. 『모든 것이 산산이 무너질 때*When Things Fall Apart*』를 비롯한 여러 권의 베스트셀러 저서와 강연을 통해 통찰력 있는 지혜를 전달해 온 그녀는 달라이 라마, 틱낫한과 더불어 '우리 시대의 가장 영향력 있는 영적 인물' 중 한 사람으로 꼽힌다.

훗날 페마는 전남편에 대해 이렇게 말했다.

"그는 나의 가장 큰 스승이었다. 그가 나를 떠났기 때문이다."

우리가 겪는 일들은 삶이 우리에게 주는 메시지이다. 사건들은 우리에게 일어나는 것이 아니라 '우리를 위해' 일어난다. 예기치 않았던 불행은 껍질을 태워 버리는 불과 같아서 껍질 속에 가려져 있던 우리 본연의 모습을 보게 한다.

내 친구인 탁발승 마노즈 바바는 원래 땅콩 장수였다. 북인도 비하르 주의 천민 집안에서 태어나 초등학교를 중퇴하고 줄곧 바구니를 이고 다니며 노상에서 땅콩을 구워서 팔았다. 스무 살에는 인근 도시에 셋방을 얻어 혼자 살면서 "치니아 빠담! 맛있는 땅콩 사세요!"를 거리마다 외치며 다녔다.

얼마 후 고향 옆 마을의 처녀와 중매결혼을 했다. 그녀 역시 겨우 끼니를 잇는 집안 출신이라서 결혼 지참금을 가져오지 못했다. 하지만 그는 가장답게 열심히 땅콩을 팔았다. 하루 종일 팔아도 수입이 별로였지만 아침마다 빼빼 마른 몸으로 바구니를 이고 나갔다.

결혼 생활 반 년이 지난 어느 날, 아침에 땅콩 바구니를 이고 나왔다가 무엇인가를 놓고 왔다는 것을 안 그는 다시 집으로 갔다. 방문을 열자 아내가 다른 남자와 누워 있었다. 옆방에 세 든 남자였다.

무중력 상태에 서 있는 것처럼 시간이 멈췄다. 생각이 정지하고 삶이 정지했다. 진공의 병 속처럼 아무 소리도 들리지 않았다. 정신을 차린 그는 남녀를 향해 땅콩을 바구니째 집어던졌고, 여자는 친정으로 도망쳤다.

모든 것이 산산이 무너졌다. 그 후 그는 아내를 한 번도 만나지 않았다. 결혼 전부터 그 남자와 애인 관계였으며, 전통에 따라 중매결혼을 할 수밖에 없게 되자 그 남자가 그녀를 따라와 옆방에 세 들어 살았다는 걸 나중에야 알았다.

몇 해 뒤 그녀의 고향 집에 한 번 찾아간 적은 있었다. 그녀가 딸을 낳았는데, 그의 아이라고 주장했기 때문이다. 그는 마을 어귀에서 어린 딸의 얼굴을 한 번 보고 헤어졌다. 자신의 아이가 아니었다.

그것으로 이번 생에서의 모든 인연이 끝났다. 땅콩 장사도 막을 내렸다. 분노와 상처와 실의에서 헤어나지 못하던 그는 거리를 지나는 한 탁발승의 모습을 보고 자신도 머리를 기르고 사두가 되었다. 라자스탄의 아쉬람으로 가서 5년 동안 생활한 후 탁발하며 전국을 방랑하기 시작했다.

그때의 일을 묻자 그는 '다 전생의 일'이며 '마야(환영)가 벌인 일'이라고 했다. 혹시 꾸며 낸 이야기가 아니냐고 내가 의심의 눈초리를 보내며, 사실이면 땅콩 장수 흉내를 내보라고 하자 그는 목을 길게 빼고 소리도 낭랑하게 외쳤다.

"치니아 빠다암~, 맛있는 땅콩 사세요!"

그러자 정말로 옆집에서 땅콩을 사려고 사람이 달려 나왔다.

마노즈 바바는 부러울 정도로 즐겁고, 행복하고, 자유롭다. 제자도 없고, 저서도 없으며, 사원도 없다. 머리 위에 짊어지고 다녀야 하는 바구니도 없다. 자신에게 일어난 일들은 모두 날씨 같은 것이고, 자신의 본질은 그 날씨에 영향받지 않는 끝없이 파란 하늘이라고 말한다. 그는 자신에게 일어난 일들이 보낸 메시지를 귀 기울여 들은 사람이다.

시인 루미는 썼다.

'상처를 외면하지 말라. 붕대 감긴 곳을 보라. 빛은 상처 난 곳을 통해 네게 들어온다.'

삶은 우리의 영혼이 우리 자신에 대해 읽는 책이다. 그 책의 다음 장에 무슨 내용이 있는지 페이지를 넘기기 전에는 알 수 없다. 좋은 결론은 책의 후반부에 적혀 있다는 것 외에는. 앞부분의 내용이 어둡다고 이야기가 끝난 것은 아니다.

고통은 진정한 길을 열어 준다. 그리고 마침내 고통은 지나가고 아름다움은 남는다. 루미는 다시 말한다.

"슬픔은 기쁨을 위해 그대를 준비시킨다. 그것은 난폭하게 그대 집 안의 모든 것을 쓸어가 버린다. 새로운 기쁨이 들어올 공간을 발견할 수 있도록. 그것은 그대 가슴의 가지에서 변색된 잎들을 흔든다. 초록의 새잎이 그 자리에서 자랄 수 있도록. 그것은 썩은 뿌리를 잡아 뽑는다. 그 아래 숨겨진 새 뿌리들이 자라날 공간을 갖도록. 슬픔이 그대의 가슴으로부터 흔드는 것마다, 훨씬 좋은 것들이 그 자리를 대신할 것이다."

치료의 원

_ 바벰바 부족의 지혜

미국의 한 대학에 문학적 재능이 뛰어난 젊은이들이 있었다. 모두 시인, 소설가가 될 꿈을 가지고 있었으며, 문장력과 표현력에 있어서 우월을 가리기 힘들 정도였다. 장래가 촉망된 이 학생들은 '문학 비평 클럽'을 만들어 서로의 작품을 비평했다. 모임의 이름답게 한 치 양보도 없이 낱낱이 해부하고 비판했다. 아무리 사소한 문학적 표현도 100조각으로 분해해 냉정하게 평가했다. 이런 비평을 통해 서로의 문학적 재능을 최고로 끌어올릴 수 있다고 여겼다. 그들의 모임은 문학 비평 경연장과도 같았다.

그 대학에는 또 다른 문학 클럽이 있었다. 그들은 자신들의 모임을 '문학 토론 클럽'이라 이름 붙였다. 역시 서로의 작품을 읽었지만 한 가지 두드러진 차이가 있었다. 이들의 비평은 좀 더 부드럽고, 좀 더 긍정적이며, 서로를 격려하는 차원이었다. 사실 비평이나 비판과는 거리가 멀었다. 이 클럽에서는 아무리 사소한 문학적 시도도 높이 평가받고 격려받았다.

20년이 흐른 뒤, 그 대학 교무과에서 동문 학생들의 경력에 대해 조사하던 중 '분학 비평 클럽'과 '문학 토론 클럽' 회원들의 문학적 성취에 두드러진 차이가 있음을 발견했다. 비평 클럽에 소속되었던 그 많은 문학 천재들 중 단 한 명도 이렇다 할 문학적 활동을 하지 못했다. 반면에 토론 클럽에 속했던 문학도들 중에서는 여섯 명의 뛰어난 작가가 탄생해 문단이 인정하는 높은 문학적 성취를 이루었다.

비평과 비판은 한 개인이나 공동체의 변화와 성장에 얼마나 기여하는가? 우리는 비평과 비판이 건강한 공동체를 만드는 방법이라고 믿으며, 비판의 눈을 가져야만 의식 있는 사람으로 여긴다. 그 결과 대부분의 사람이 자신도 모르게 자기 안에 '비판자'를 갖게 되었다. 그 비판자는 습관적으로 우리의 생각 전면에 등장하고, 우리의 얼굴 관상이 되었다. 그래서 이제는 모두가 모두를 비판하고 공격하는 사회가 되었다.

남아프리카의 바벰바 부족에게는 잘못된 구성원을 바로잡는 그들만의 독특한 방식이 있다. 이 부족사회에는 반사회적이거나 반인륜적인 범죄가 거의 일어나지 않지만, 혹시 그런 행위가 일어나는 경우에는 우리와는 다른 흥미로운 의식으로 접근한다.

먼저 잘못을 저지른 사람을 마을 광장 한가운데 세워 둔다. 그러면 모든 부족원들이 하던 일을 중단하고 그 사람 주위에 원을 그리며 선다. 어린아이도 이 의식에서 제외되지 않는다.

그런 다음 부족원들은 한 명씩 돌아가며 그 사람이 지금까지 살아오면서 행한 좋은 일들을 하나씩 이야기한다. 그의 긍정적인 성품과 재능, 그가 베푼 호의와 선행, 인내심을 갖고 마을 일에 참여한 것 등을 빠짐없이 열거한다. 단, 거짓 증언을 하거나 과장하거나 우스갯소리를 하는 것은 허용되지 않는다.

이 의식은 며칠씩 계속되기도 한다. 부족원 모두가 그 사람의 현재의 잘못 대신 그의 과거를 더듬어 칭찬할 수 있는 모든 좋은 면을 이야기한다. 그에 대한 불만이나 그가 저지른 잘못에 대한 비판은 한 마디도 하지 않는다.

그런 식으로 부족원 전체가 그 사람의 칭찬거리를 다 찾아내면, 의식이 끝나고 즐거운 축제를 벌인다. 잘못을 행한 사람은 환영받으며 다시 부족의 일원으로 돌아온다. 그의 잘못된 행위를 열거해 자존심을 훼손시키는 것이 아니라 긍정적이고 애정 어린 방법으로 그가 지닌 가치를 상기시킴으로써 자존심을 북돋아주는 교화 방식이다. 바벰바 부족에 범죄행위가 많지 않은 것도 이 아름다운 치료의 원 때문이라고 인류학자들은 분석한다.

언젠가 인도 여행 중에, 종업원들에 대한 게스트하우스 주인의 폭언과 비인간적인 행동을 더 이상 외면할 수 없어 크게 싸운 적이 있다. 화가 난 나는 배낭을 챙겨 다른 숙소로 옮기고 종업원들도 그곳에서 일하지 말도록 부추겼다. 사실 그 게스트하우스는 내가 십 년 넘게 해마다 묵었던 곳으로 주인 가족과도 친한 관계였다. 그 사건으로 오랜 우정이 깨어졌다. 그때 나에게 고대 경전 『바가바드 기타』를 가르치던 고락나트 초베 스승이 평생 동안 교훈이 될 중요한 말을 했다.

"그대가 무엇을 행하든 사랑의 마음으로 하라. 미움의 마음으로 하면 아무리 좋은 의도를 갖고 있다 해도 부정적인 결과만 얻을 뿐이다."

그 말의 의미를 깨달은 나는 다시 그 게스트하우스로 짐을 옮기고 주인과 화해했다. 고락나트 스승은 주인을 불러 그동안 그가 얼마나 많은 좋은 일들을 했는지 상기시켰다. 가방을 도난당한 여행자에게 무료로 숙식을 제공하고 여비를 빌려준 적도 있다. 순례자들에게 음식을 대접하기도 했다. 종업원들에게도 많은 선행을 베풀었다. 그런데 한 종업원이 그에게 금전적 사기를 치고 도주하는 사건이 일어난 이후 모두를 불신하게 된 것이다. 그럼에도 고락나트 스승은 그의 안에 있는 온전하고 선한 부분을 일깨움으로써 그를 되돌려 놓았다. 그 '온전하고 선한 부분'에 대한 신뢰가 그것을 가능하게 했다.

우리는 습관적으로 비난과 공격의 칼을 주머니에 넣어 가지고

다닌다. 칼은 아무리 작아도 위험하다. 인도의 고승 산티데바는
말했다.

"만약 나의 오래된 공격적이고 비판적인 습관, 나와 타인의 고
통으로 이어지는 번뇌의 원천인 그런 습관이 내 마음속에서 안
전하게 똬리를 틀고 있다면, 이 세상의 즐거움과 평화는 어디서
찾을 것인가?"

오늘 감동한 일이 있었는가

_ 시인의 눈으로 세상을 보라

북인도 리시케시의 명상 센터에 있을 때 가끔씩 밀려오는 생의 우울과 고독에 대해 이야기하자 한 인도인 수행자가 내게 조언했다. '시인의 눈으로 세상을 보라.' 나는 깜짝 놀랐다. 그는 내가 시인이라는 사실을 모르고 있었고, 나 역시 내가 시인이라는 사실을 잊고 있었다. 그는 시인의 눈으로 보면 세상의 모든 것이, 꽃과 나무와 사람이, 오래된 건물까지도 새롭게 보인다고 했다.

나는 그의 충고대로 시인의 눈으로 주위를 보려고 노력했고, 그러자 아침마다 내 바나나를 훔치는 원숭이와 지루한 강의로 명상을 방해하는 명상 교사와 늘 같은 나무에서 지저귀는 희귀조, 그리고 순간마다 다양한 감정을 느끼는 내 마음의 기능까지도 새롭게 다가왔다. 우리 모두는 불완전한 존재이다. 우울한 순간들도 있고 어두운 구석도 있다. 그러나 우리 안에는 느끼고 감동하는 능력이 존재한다.

한 대학 병원의 암 전문의가 극심한 우울증에 걸렸다. 날마다 고통받는 환자들을 만나야 하고 죽어 가는 모습을 지켜보는 것이 괴로웠다. 많은 생명을 살리고 수명을 연장해 준 의사였지만 정작 그 자신은 아침에 일어나기도 싫어하는 항우울제 복용 환자가 되어 있었다. 마침내 그는 의사직을 그만 두고 새로운 삶을 살기로 마음먹었다.

뛰어난 수술의가 병원을 떠나는 것을 안타깝게 여긴 상담 의사가 그에게 매일 관찰 일기를 써 볼 것을 권했다. 그것은 간단했다. 하루의 일과를 마치면 잠들기 전에 스스로에게 다음의 세 가지 질문을 던지고 노트에 답을 적는 일이었다.

오늘 놀라운 일은 무엇이었는가?
오늘 감동받거나 인상 깊은 일은 무엇이었는가?
오늘 나에게 영감을 준 일은 무엇이었는가?

처음 며칠 동안은 이 질문들에 대한 대답이 언제나 '없다'였다. 그런 일기를 쓰는 것 자체가 귀찮고 무의미했다. 그래서 상담의는 그에게 "지금까지 삶을 보던 방식을 버리고 자신이 시인이라고 가정하고 사람들과 세상을 보라."고 조언했다. 그리하여 그는 바쁘게만 흘려보내던 일상을 새로운 눈으로 보기 시작했다.

암세포가 하루에 몇 밀리미터씩 자라거나 줄어드는 것을 보고 놀라워할 줄 알게 되었고, 항암 치료 중인 엄마가 두 아이를 무한한 사랑으로 키우는 것을 보고 감동받았다. 의사라는 직업의 일상 속에서 무심코 지나쳐 왔던, 결코 포기하지 않고 불치병과 싸우는 사람들에게서 많은 영감을 받았다. 그리고 서서히 우울증에서 회복되었다. 이제 그는 환자들에게 "병을 버티는 힘을 어디서 얻느냐?"고 의사답지 않은 질문을 던지게 되었다. 환자를 대하는 태도와 말투가 바뀌고, 치료에 대해서만이 아니라 다른 인생 이야기도 나누게 되었으며, 진정으로 환자들과 가까워졌다. 삶의 다른 면들을 보기 시작한 것이다.

몇 주 후 상담의를 만난 그는 환자가 선물한 멋진 청진기를 꺼내 보이며 말했다.

"나는 이제 이 청진기로 사람들의 영혼의 박동을 들으려 합니다. 단순한 심장 박동이 아니라 영혼의 울림을."

그가 깨달은 것은 자신이 암에 대해서는 잘 알고 있었지만 인간에 대해서는 전혀 모르고 있었다는 사실이었다.

영적인 깨어남이란 새로운 각도에서 세상을 보는 것이다. 우리는 새로운 삶을 원하고 새로운 장소를 갈구하지만 그것보다 먼저 필요한 것은 새로운 눈이다. 관념은 우리를 보호해 주기도 하지만 많은 것을, 무엇보다 경이로움을 빼앗는다. 눈앞의 사람과 사물을 주의 깊게 바라보지 않게 되고, 놀라워하지 않고 감동하지 않게 된다. 합리적인 머리만 작동할 뿐 직관적인 가슴이 기능을 멈춘다.

어느 순간 세상이 빛을 잃었다면 시인의 눈으로 바라볼 일이다. 인생의 부를 결정하는 기준은 '얼마나 많이 느끼고 감동하며 살았는가'이다. 시인은 평범한 자두 열매에도 감동할 줄 아는 사람이라고 앙드레 지드는 『지상의 양식』에서 말했다.

풀벌레 하나, 꽃 한 송이, 저녁노을, 사소한 기쁨과 성취에도 놀라워하는 사람이 진정한 부자이다. 감동을 느낄 때 우리는 정화되고, 행복해지고, 신성해진다. 그리고 감동받아야 감동을 줄 수 있다. 다른 사람의 마음에 불을 전하려면 먼저 자신의 마음이 불타야 한다. 가장 가난한 사람은 내면의 불이 꺼진 사람이다.

오늘 놀라운 일은 무엇이었는가? 감동받거나 마음에 파문을 일으킨 일은 무엇이었는가? 영감을 받은 일은 무엇이었는가?

당신의 잎새

_ 신의 선물

'니글'이라는 이름의 작고 평범한 남자가 있었다. 그는 화가였지만 성공한 화가가 아니었다. 사실 사람들은 그가 그림을 그린다는 사실조차 잘 알지 못했다. 그는 실제로 많은 그림을 그릴 수 없었기 때문이다. 그림을 그리려고 마음먹으면 언제나 이런저런 해야 할 일들이 시간을 빼앗았다. 부서진 창문을 고정시켜야 하고, 비 새는 지붕을 고쳐야 했으며, 벽의 벗겨진 칠도 다시 해야 했다. 또한 그의 약한 마음을 아는 이웃이 매번 잡다한 일들을 부탁하곤 했다. 때로는 멀리 사는 사람들까지 찾아와 그에게 도움을 청하곤 했다. 결코 부자가 아니었기 때문에 생계를 위해서도 일을 해야만 했다. 그의 이름은 '사소한 일에 신경을 쓰고 시간을 낭비한다'는 뜻이었다.

또 다른 방해 요인은, 그 모든 일들을 마치고 나면 하는 일 없이 빈둥거리곤 했다는 것이다. 자신이 원하지 않는 무의미한 일들에 지쳐서 모든 것을 잊고 쉬고 싶었기 때문이다. 그가 그리고 싶은 많은 그림들이 있었으나, 그 그림들은 그의 재능에 비해 너무 규모가 크고 야심적인 것들이기 일쑤였다. 그래서 시작조차 하지 못했다.

그는 자신이 머지않아 긴 여행을 떠나야만 한다는 사실을 알고 있었다. 그것은 자신이 원하는 여행이 아니었으며 그 여행에 대해 생각하기도 싫었지만, 그가 선택하거나 회피할 수 있는 일이 아니었다. 그러나 아직 날짜가 확정되지 않았기 때문에 여행 준비를 서두르지 않았다.

어쨌든 그는 여행을 떠나기 전에 오랫동안 마음에 품어 온 그림 한 점을 그리고 싶었다. 그의 상상 속에서 그 그림은 바람에 흔들리는 잎새 하나로 시작해 수많은 잎과 가지를 가진 거대한 나무로 커져 갔다. 그는 잎사귀마다 서로 다르게 그리고 싶었다. 제각기 다른 빛과 다른 각도로 음영을 표현하고 싶었다. 그런 다음에는 신비한 깃의 새들을 가지들 위에 내려앉게 할 것이다. 나무 너머로는 들판과, 들판 끝의 오래된 숲과, 그 너머 눈 쌓인 산이 바라다보일 것이다.

머릿속의 상상을 담아낼 대작을 그리기 위해 그는 사다리를 가져와야 할 만큼 커다란 캔버스를 만들고, 화폭 여기저기에 스케치를 하고 물감을 문질렀다. 그러나 좀처럼 진도가 나가지 않

있다. 여전히 처리해야 할 자질구레한 일들과, 그의 그림 따위에는 눈길조차 주지 않는 이웃들의 부탁을 들어주느라 끊임없이 붓을 내려놓아야만 했다. 반나절만이라도 그림에 몰두하는 시간을 갖고 싶었지만, 집에 돌아오면 피곤함에 의욕을 잃었다. 또 다른 원인도 있었다. 그는 잎새 한 장에만 매달려 그 위에 쏟아지는 태양 광선과 미묘한 그늘, 표면에 미세하게 맺힌 이슬방울의 반짝임을 완벽하게 표현하고 싶었다. 그래서 그림은 더욱더 진도가 나가지 못했다.

'어떻게 하든 이 그림만은 끝내겠어. 내 진짜 그림이니까. 여행을 떠나기 전에 꼭 완성하고 말 거야.'

그는 사다리에 올라가 그림에 정신을 집중하기 시작했지만 잎사귀 하나를 완성하기도 전에 더 많은 방해거리들이 속출했다. 집안에 문제가 생겨 법정에 가서 증인을 서야 했고, 먼 친척이 병에 걸렸으며, 그가 '안 돼'라고 거부할 수 없는 일들이 계속해서 일어났다. 또한 반드시 하지 않으면 안 되는 일들도 있었다.

그의 그림에 대해 아는 사람은 거의 없었으며, 알았더라도 별 차이가 없었을 것이다. 그림을 그리는 일이 중요하다고 생각하는 사람이 그의 주위에는 없었기 때문이다. 이웃들조차 그가 가진 커다란 캔버스로 비 새는 지붕을 덮는 것이 더 유익하다고 생각했다. 그림에 대한 소망은 철저히 그의 개인적인 일이었으며, 또 그런 만큼 그에게는 그것이 무엇보다 중요한 일이었으나 삶이 그

소망을 다 갉아먹어 버린다고 그는 느꼈다.

시간이 흐를수록 그림의 완성에 대한 희망은 아무 진전도 없이 자신의 예술적 재능이 소멸되는 데 대한 절망으로 바뀌어 갔다. 어느 날 그는 옆집 남자의 성화에 못 이겨 독감에 걸린 남자의 아내를 병문안 갔다가 그 자신도 독감이 옮고 말았다.

독감에 걸려 고열에 시달리는 그에게 마침내 죽음의 사자가 찾아왔다. 여행 떠날 시간이 된 것이다. 그는 "아직 그림을 끝내지도 못했어요. 제발 시간을 더 주세요." 하고 울면서 애원했지만 죽음의 사자는 말했다.

"당신 입장에서 보면 그렇지만 어쨌든 이제 끝났소. 갑시다."

그가 세상을 떠난 뒤 이웃 사람들은 그의 집 안에서 때묻은 캔버스에 아름다운 잎새 하나가 그려진 그림을 발견했다. 사람들은 "불쌍한 친구, 그가 그림을 그렸다는 건 전혀 몰랐는데." 하고 말했다. 그 후 그 그림은 마을 박물관의 구석진 곳에 자리 잡았으나, 그 박물관마저 얼마 안 가 화재로 불탔다. 사람들은 그를 '어리석고 무가치하며 중요하지 않은 자'로 기억했다.

한편, 세상을 떠난 남자는 하늘나라로 가는 기차에 태워졌다. 한참을 달려가는데 어디선가 두 개의 음성이 들렸다. 하나는 엄격하게 꾸짖는 목소리였다. 사소한 일에 재능을 낭비하고 평생 아무것도 이룬 것 없이 시간을 보낸 것에 대한 질책이었다. 또 하나는 그의 착한 성품을 위로하는 따뜻한 목소리였다.

그가 하늘나라의 가장자리에 이르렀을 때 큰 나무 한 그루가 그의 눈길을 사로잡았다. 남자는 얼른 그 나무로 달려갔다. 그곳에 그가 그리려고 하던 바로 그 나무가 완성된 모습으로 서 있었다. 잎들이 바람에 나부끼고 가지들이 길게 뻗어 있었다. 새들은 가지에 앉아 지저귀고 있었다. 그가 상상하던 바로 그 나무였다. 남자는 감격한 눈으로 나무를 바라보았다. 그리고 천천히 두 팔을 들어올려 활짝 벌리고 말했다.

"이건 선물이야!"

『반지의 제왕』의 저자 J. R. R. 톨킨이 지은 우화 『니글의 잎새』에 나오는 내용이다. 주인공 남자가 자신이 완성하고자 했던 그림을 저세상에 가서 선물 받는 것으로 소설은 끝나지만, 그 순간 그는 깨달았을지도 모른다. 자신이 가졌던 재능gift이 신이 준 선물gift이었음을. 바쁘고 돈이 부족하고 할 일이 많다는 이유로 그 선물을 제대로 실현하지 못했음을. 수많은 미완의 스케치들을 남기고 겨우 잎새 하나를 완성하고 죽었으며, 그래서 결국 자신을 무가치하며 중요하지 않은 인물로 만들었음을.

우리가 마음에 품고 있는 '나의 이야기'는 과거에 수집한 돌들의 끊임없는 분류이다. 우리의 존재가 무겁게 느껴지는 것은 그 돌들과 자신을 동일시하기 때문이다. 새는 자신이 본래 드넓은 하늘이며, 그 외의 것들은 변화하는 날씨에 불과하다는 사실을 알기 때문에 날 수 있다.

새는 날아가면서 뒤돌아보지 않는다

_ 내려놓은 후의 자유

자유로운 새가 있었다. 다른 새들과 마찬가지로 하늘을 날고, 열매를 따 먹고, 맑은 목청을 자랑했다. 그런데 그 새에게는 한 가지 습관이 있었다. 자신에게 어떤 일이 일어날 때마다, 그것이 좋은 일이든 나쁜 일이든 작은 돌 하나씩을 모았다. 그리고 자신이 모은 돌들을 분류하면서 즐거운 일이 떠오르면 웃고, 슬픈 일이 기억나면 울었다.

새는 언제나 그 돌들을 가지고 다녔다. 그 돌들을 결코 잊은 적이 없었다. 세월이 흐르면서 새는 더 많은 돌들을 갖게 되었고, 늘 그런 식으로 과거의 일들을 떠올리며 돌들을 분류했다. 마침내 돌들이 무거워져서 새는 하늘을 나는 것이 점점 힘들어졌으며, 어느 날은 더 이상 날 수 없게 되었다.

몇 년 전까지만 해도 하늘 높이 날던 새는 이제 땅 위를 걸을 수조차 없게 되었다. 혼자서는 한 걸음도 움직이기 힘들었다. 열매를 따 먹을 수도 없었다. 이따금 내리는 비에 겨우 목을 축일 뿐이었다. 하지만 새는 끝까지 견디며 자신의 소중한 돌들을 지켰다. 얼마 후 새는 굶주림과 목마름으로 숨졌다. 그 새를 떠올리게 하는 한 무더기의 쓸모없는 돌멩이들만이 뒤에 남았다.

새는 날아가면서 뒤돌아보지 않는다. 뒤돌아보는 새는 죽은 새다. 모든 과거는 좋은 일이든 나쁜 일이든 날개에 매단 돌과 같아서 지금 이 순간의 여행을 방해한다.

몇 해 전 네팔에서 히말라야 트레킹을 할 때의 일이다. 포카라를 출발해 일주일 넘게 걸어 3,800미터의 묵티나트로 가는 여정이었다. 사과 산지로 유명한 중간 지점의 좀솜 마을은 작은 공항이 있는 산악 지대의 요충지라서 여행자가 많고 숙소도 다양했다. 우리 일행은 공항 부근의 작은 게스트하우스에 묵었는데, 여주인이 볼에 밥풀이 붙은 욕심쟁이였다. 방은 지저분하고, 음식도 열악했다. 나중에는 비싼 가격 때문에 실랑이를 벌여야 했다.

트레킹 코스의 숙소는 하룻밤 묵는 곳에 불과하기 때문에 우리는 아침 일찍 배낭을 메고 다시 출발했다. 다음 마을인 무스탕 왕국 초입의 카그베니까지는 마른 강바닥을 따라 반나절 넘게 걸어야 했다. 얕은 물길도 통과하고 흔들다리도 건너고 목에 종을 매단 노새들의 행렬과도 마주치는 그 길은 멀리 안나푸르나,

다울라기리, 닐기리 등 신비롭게 솟은 히말라야 영봉들을 감상할 수 있는 아름다운 코스였다. 황량한 풍경 속에 노란 민들레와 청보리가 반갑게 나타나고, 안을 기웃거리고 싶게 만드는 소박한 티베트 사원들도 있었다.

그런데 일행 중 한 명이 걷는 내내 좀솜 게스트하우스에서의 일을 우리에게 상기시켰다. 그는 이미 지나간 일에 대한 좋지 않은 기억과 불쾌한 감정, 그리고 그 이전 마을들에서의 또 다른 경험들을 비교하느라 현재의 여정을 즐길 수 없었다. 카그베니에서 점심을 먹고 고지대의 묵티나트로 올라가는 가파른 오르막길에서도 그는 카그베니 식당의 불결함과 바가지 요금을 지적했다. 지구 상에서도 보기 드문, 광대한 황량함에 탄성을 지르게 되는 계곡들은 그의 트레킹 일기에 기록되지 않았다.

그토록 빼어난 절경을 그토록 저렴한 비용으로 누릴 수 있는 지역은 세상에 많지 않다. 히말라야 설산들에 둘러싸여 100원에 향기로운 차를 마시는 것을 상상해 보라. 어떤 찬사의 말로도 그 고마움과 감동을 표현하기 어렵다.

그러나 그의 트레킹은 무거운 배낭과 부정적인 기억들에 짓눌린 여정이었다. 그가 마음을 데리고 가는 것이 아니라 마음이 그를 끌고 가고 있었다. 숨이 턱에 차는 가파른 길, 발바닥의 물집, 불편한 게스트하우스와 맛없는 음식의 경험 등을 다 포함하는 것이 트레킹이다. 좋은 것만 기대하면 트레킹은 불가능하다.

그가 계속 불평을 늘어놓자 일행들은 하나둘 그와 거리를 두고 걷기 시작했다. 그리하여 트레킹 일정 내내 그는 외톨이가 되었다. 마음이 과거에 일어난 일들에 분노를 느낄수록 현재를 사랑하기가 더 어렵다. 마음의 문제로 고통받는 사람들의 특징 중 하나는 과거의 일을 계속 곱씹으면서, 그것에 의해 왜곡된 인식으로 자기 자신과 세상을 대한다는 것이다.

이런 이야기가 있다. 늘 화가 나 있는 사람이 영적 스승을 찾아와 말했다.

"저는 언제나 화를 내고, 사소한 일에도 감정을 억제하지 못합니다. 이유가 무엇일까요?"

스승이 말했다.

"그대는 어린 시절이나 젊은 시절에 받은 오래된 상처 때문에 고통받고 있다. 그것 때문에 많이 약해진 것이다."

"저는 작은 일들 외에는 큰 상처를 받은 기억이 없습니다. 어떻게 먼 과거의 상처들이 지금의 나를 약하게 할 수 있죠?"

스승이 옆에 놓여 있던 작은 물병을 남자에게 주며 말했다.

"손을 앞으로 뻗어 이 물병을 들고 있어 보라. 무거운가?"

"아닙니다. 무겁지 않습니다."

10분 후 스승이 다시 물었다.

"무거운가?"

"조금 무겁지만 참을 만합니다."

시간이 한참 흘러 스승은 다시 물었다.

"지금은 어떤가?"

"매우 무겁습니다. 더 이상 들고 있을 수가 없습니다."

그러자 스승은 말했다.

"문제는 물병의 무게가 아니라, 그대가 그것을 얼마나 오래 들고 있는가이다. 과거의 상처나 기억들을 내려놓아야 한다. 오래 들고 있을수록 그것들은 이 물병처럼 그 무게를 더할 것이다."

과거를 내려놓고 현재를 붙잡는 것이 삶의 기술이다. 오래전에 놓아 버렸어야만 하는 것들을 놓아 버려야 한다. 그다음에 오는 자유는 무한한 비상이다. 자유는 과거와의 결별에서 온다.

뉴욕 어느 서점의 유리에 붙어 있던 작자 미상의 글귀 하나가 내 마음에 오래도록 남아 있다.

'나무에 앉은 새는 가지가 부러질까 두려워하지 않는다. 새는 나무가 아니라 자신의 날개를 믿기 때문이다.'

태풍이 휩쓸고 지나간 후에도 새가 노래할 수 있는 이유가 그것이다. 어느 날 우리는 생명이 넘쳐나고 빛과 소리와 색이 가득한 이 행성에 여행을 온다. 언제 다시 떠나야 할지 알 수 없다. 우리에게 주어진 짧은 삶이 우리의 기회이다. 상처에 대한 기억만 안고 이 세상과 작별하기는 아쉽지 않은가?

영적 교사 페마 초드론은 갑자기 암 진단을 받은 한 여성의 이야기를 전한다. 평생 사소한 일에 조바심치고 불평하던 그 여성은 자신이 곧 죽을지 모른다는 사실을 깨닫고 주위 사람들과 사물에 마음을 연다. 그동안은 거들떠보지 않던 나무, 풀, 태양, 꽃, 새, 벌레들과 친해진다. 바람을 얼굴에 느끼고, 온몸으로 비를 맞고, 사람들을 껴안고, 강아지와 달리기를 한다. 자신이 처음으로 삶을 살고 있다고 느긴다. 매일매일이 마지막 경험이었다. 죽음의 순간에는 진통제까지도 거부한다. 그 고통까지도 그녀에게는 소중한 경험이었던 것이다. 그렇게 그녀는 자신을 염려하며 내려다보는 가족과 친구들을 웃는 얼굴로 위로하며 숨을 거둔다.

내려놓을수록 자유롭고, 자유로울수록 더 높이 날고, 높이 날수록 더 많이 본다. 가는 실에라도 묶인 새는 날지 못한다. 새는 자유를 위해 나는 것이 아니라, 나는 것 자체가 자유이다. 다시 오지 않을 현재의 순간을 사랑하고, 과거 분류하기를 멈추는 것. 그것이 바람을 가르며 나는 새의 모습이다. 자신이 어디로 가고 있는지 몰라도 날개를 펼치고 있는 한 바람이 당신을 데려갈 것이다. 새는 날갯깃에 닿는 그 바람을 좋아한다.

무슨 생각을 하고 있지

_ 알아차림

도쿄역 앞 마루젠 서점을 들어가려는데 길가 벤치에 앉아 있던 한 일본인 여성이 화난 목소리로 말했다. "왜 나한테 그런 식으로 행동하는 거야?" 나는 놀라서 뒤를 돌아보았지만 나밖에 없었다. 나는 그녀를 처음 보는 것이고, 그녀에게 어떤 행동도 한 적이 없었다. 그럼에도 그녀는 분명한 어조로 화를 냈으며, 서점 안으로 들어가며 뒤돌아보니 내가 아니라 자신의 정면에 있는 어느 투명인간에게 말을 하고 있었다. 옷차림은 말쑥했지만 정신에 문제가 있는 사람이었다. 두세 시간 뒤 내가 서점을 나올 때까지도 그녀는 그렇게 혼자서 중얼거리고 있었다.

고등학생일 때 나는 극심한 두통과 불안증으로 한 달 동안 입원한 적이 있다. 잠시 나아졌다가 대학 2학년 때 노숙과 자취를 반복하면서부터 다시 심해졌다. 정신착란이나 분열증이 아닐까

의심될 정도였다. 불행인지 다행인지 병원에 갈 돈이 없어서 약물에 의존하지 않고 버텨야 했다. 그래서 문학에 더 매달렸고, 학교는 낙제를 했지만 그해에 신춘문예에 당선되었다.

시인으로 등단했어도 생활은 달라진 게 없었다. 방세를 내지 못해 쫓겨나면 노숙을 할 수밖에 없었다. 야간통행금지가 있던 시대라서 경찰을 피해 대학 캠퍼스 안이나 역과 지하도에서 밤을 샜는데, 곳곳에 노숙자들이 있었다. 그중에는 혼자서 계속 중얼거리는 이들이 있었다. 그들은 분명히 눈을 뜨고 앞을 쳐다보고 있는데도, 다른 사람들은 볼 수 없는 누군가에게 자기 이야기를 하거나 화를 냈다. 고등학교 때 잠시 정신과 치료를 받으러 다닐 때도 병원에 그런 사람들이 있었다. 그들에게는 생각이 곧 현실이었고, 실제의 현실 속에서는 유령처럼 존재했다.

그런 사람들과 밤을 지새다 보니 나 자신도 가끔 혼잣말을 할 때가 있었다. 생각에 골몰한 나머지 나도 모르게 그 생각을 입밖으로 중얼거린 것이다. 그러고는 흠칫 놀라곤 했다. 나도 저 사람들처럼 심한 착란 증세에 빠지게 되지나 않을까? 자신이 중얼거리고 있다는 것, 생각에 사로잡혀 있다는 것을 영영 알아차리지 못하면 어떻게 하지? 몹시 두려운 일이었다.

그 두려움을 이겨 내기 위해 나는 생각에 빠지는 대신 시를 소리 내어 읽기로 했다. 한밤의 역과 지하도에서 큰 소리로 엘리어트의 「황무지」나 '날아가거라, 눈부신 책장들이여' 하며 발레리의 「해변의 묘지」를 낭송하는 장발의 청년을 상상해 보라. 그보다 더한 정신이상자가 어디 있겠는가?

대학을 졸업할 때까지 그런 생활을 반복해야 했기에 나는 차츰 마음의 세계에 관심을 갖게 되었다. 우리가 마음의 주체인데, 때로는 마음이 주체가 되기도 하는 그 난해한 세계가 궁금해졌다. 인간의 삶을 지배하는 마음의 세계, 때로는 주인의 통제를 벗어나 무의식적인 광기로까지 발전하는 생각의 정체에 대해 알고 싶었다. 나아가 깜박깜박 졸듯이 생각에 정신을 빼앗기는 것이 아니라 지속적인 알아차림이 가능한지, 그리고 습관적인 중얼거림이 완전히 멈춘 고요하고 평화로운 존재 상태가 가능한지도 궁금했다.

내가 마음에 대해 추구한다면 나의 마음이 곧 추구자이고 추구의 대상이며 추구 자체가 아닌가? 이런 복잡한 의문 끝에 마음에 관한 책들을 읽게 되었고, 명상 센터들도 찾게 되었다. 그것이 내가 문학에서 명상의 세계로 나아간 계기였다. 그리하여 인간에게 일어나는 모든 일이 '마음'으로부터 출발한다는 것을 깨닫고 마음의 문제를 근원까지 추구해 들어간 여러 스승들을 만날 수 있었다.

독일 출신의 영적 교사 에크하르트 톨레가 대학에 다닐 때의 일이다. 하루는 지하철을 타고 학교 도서관에 가고 있는데 30대

초반의 여성이 그의 맞은편에 앉았다. 그녀는 어딘지 정상이 아닌 것처럼 보였고, 몹시 긴장해 있었으며, 화가 난 듯 쉴 새 없이 혼잣말을 했다. 자신의 생각에 몰두한 나머지 지하철 안의 다른 사람들이나 주변 상황을 전혀 의식하지 못하는 듯했다. 그녀가 하는 말은 이런 식의 독백이었다.

"내가 그 여자한테 말했지. 넌 거짓말쟁이라고. 어떻게 감히 나를 욕할 수 있지? 나를 이용한 건 너잖아. 난 너를 믿었는데 네가 내 믿음을 배신했어……."

자신이 겪은 부당한 일에 대한 분노와 반박이었다. 그 감정이 너무 사무쳐서 완전히 사로잡혀 있었으며, 그것이 반복된 나머지 자신의 행동을 알아차리는 자각 기능이 정지해 있었다.

톨레가 내린 역에 그녀도 내렸기 때문에 톨레는 호기심에 이끌려 그녀의 뒤를 따라갔다. 그녀는 길에서도 계속 상상 속 대화에 열중한 채 누군가를 비난하고 반박했다. 그런데 그녀 역시 톨레가 가고 있는 대학 건물로 향하는 것이었다. 학생인지 사무원인지 심리 실험에 참가한 피실험자인지 알 수 없었다. 어쨌든 그녀는 학교 건물로 사라졌고, 톨레는 도서관으로 가기 전에 화장실에 들렀다. 그곳에서도 계속 그녀에 대해 생각하고 있던 그는 손을 씻으며 생각했다.

'난 저 여자처럼 되지 말아야지.'

그러자 옆에 있던 남자가 그를 흘낏 바라보았다. 톨레는 자신도 모르게 그 말을 소리 내어 중얼거렸던 것이다. 그것을 깨닫고 그는 충격에 빠졌다. 자신의 마음도 그녀의 마음처럼 끊임없이 중얼거리고 있었던 것이다. 차이가 있다면 그녀는 생각을 소리 내어 말하고, 그는 대부분의 사람처럼 머릿속에서 중얼거림을 이어 간다는 것뿐이었다. 그녀가 미친 것이라면 그 자신을 포함해 모두가 미친 것이었다. 단지 정도의 차이만 있을 뿐.

이 경험은 그에게 생각에서 '생각의 알아차림'으로 전환하는 계기가 되었다. 그리고 알아차림이 없는 생각이야말로 인간의 주된 문제라는 것을 깨달았다. '삶은 내 마음이 만들어 내는 것만큼 그렇게 심각하지 않다'는 것도.

어느 아메리카 인디언 스승이 서양인 제자에게 말했다.

"그대는 그대 자신에게 너무 많이 말한다. 그대는 그 점에서 특별하지 않다. 우리 모두가 그렇게 한다. 우리는 우리의 세상을 내면의 중얼거림으로 유지한다. 지혜로운 사람은 자기 자신에게 말하기를 멈추자마자 세상이 완전히 바뀐다는 것을 안다."

생각은 내가 아니다. 본래의 나는 생각들이 아니라 그것들의 관찰자이다. 그 '나'의 알아차림이 없으면 생각이 우리 삶의 주인이 되고, 현존이 아니라 끊임없는 중얼거림이 일상을 차지한다. 이 중얼거림에서 깨어나 미소 짓지 않겠는가?

세상에서 가장 맛있는 음식

_ 마음 챙김 식사

한 서양인이 태국에 와서 머리를 깎고 한시적으로 불교 승려가 되었다. 첫 일 년 동안 그는 밀림 속 절에서 엄격한 규율에 따라 명상 수행을 하며 고행에 가까운 생활을 실천했다. 반드시 지켜야 하는 규율 중 하나는 하루에 한 끼만 먹는 일이었다. 그것도 정오가 되기 전에 먹어야 했다. 오후가 되면 물과 차 외에는 어떤 음식도 먹을 수 없었다. 또한 이른 아침이면 승려들과 일렬로 줄을 맞춰 마을을 돌며 쇠로 된 밥그릇에다 음식을 얻어 와야 했다. 밀림을 나서서 벼와 잡곡이 자란 논둑을 지나 마을로 가면 순박한 사람들이 승려들의 바리때 안에 밥과 채소 요리, 과일 등의 음식을 넣어 주었다.

그런 다음 승려들은 밀림 속 절로 돌아와 침묵 속에서 천천히 음식을 먹었다. 어떤 때는 서양인의 기준에도 맛있었지만, 그렇지 않은 때가 더 많았다. 채소는 기름 범벅에 너무 오래 볶았고, 고추 양념은 혀가 얼얼할 정도로 매웠다. 개구리 뒷다리 튀김 같은 정체 모를 요리가 섞여 있는 경우도 있었다. 심하게 발효되어 진저리가 처질 만큼 시큼한 절임도 있었다. 하지만 절의 규율상 신도들이 보시하는 음식은 어느 것도 거부할 수 없었다.

새벽 4시에 기상해 밤 늦게까지 이어지는 명상 수행보다도 음식 적응이 그에게는 가장 힘들었다. 그런데 몇 달이 지나자 그는 음식을 먹을 때 가장 몰입해 있는 자신을 발견했다. 사실 그가 절에서 배우고 있는 수행은 위빠사나라는 '마음 챙김' 명상이었다. 자신이 어떤 일을 하든 혹은 하지 않든 마음이 다른 곳으로 가지 않고 오로지 그 순간에 깨어 있는 것이 그 명상의 핵심이었다. 가부좌를 하고 앉아 명상을 할 때면 다리가 저리고 등이 가려워 집중하기 어려웠다. 마음은 고향의 가족과 친구들, 미래의 계획으로 달려가곤 했다. 그렇게 '마음 놓침'이 반복되었다.

그러나 탁발을 하러 논길을 걸어갈 때, 마을 사람들이 그릇 안에 음식을 넣어 줄 때, 그리고 돌아와 묵언 속에 한 입씩 먹을 때면 그는 다른 어느 때보다도 그 순간에 활짝 깨어 있었다. 거기에는 어떤 사념도 개입할 여지가 없었다. 이유는, 하루에 오직 한 끼만 먹을 수 있기 때문이었다.

어려서부터 맛있는 음식과 음료수로 하루 세 끼를 즐겨 온 그로서는 그 한 끼가 허기를 해결하고 체력 유지에 필요한 영양분을 얻을 유일한 기회였다. 또한 음식을 탁발하러 가는 그 시간이 고행에 가까운 절의 반복적인 수행에서 벗어나는 유일한 기분전환이고 오락이었으며 어떤 음식을 맛보게 될지 기대에 찬 시간이었다.

그 순간들만큼은 너무나 소중한 기회여서 한순간도 놓칠 수 없었다. 따라서 그 순간들 속에서 그는 '순수한 주의 기울이기'가 핵심인 마음 챙김 명상을 자신도 모르게 실천하고 있었다. 어느덧 '그냥 삼키지 말고 맛보라, 생각하지 말고 느껴라'라는 '마음 챙김 식사mindful eating'의 달인이 되어 있었다. 전에 그를 지배했던 '맛있다, 맛없다' 혹은 '좋다, 나쁘다'의 개념도 사라졌다. 앞에 음식이 있으면 습관적으로 입 속에 밀어 넣거나 끼니마다 일상적으로 먹던 기존의 방식에서 벗어나 '먹는다'는 일상이 최고의 집중 명상이 되었다. 그 순간에는 그를 괴롭혀 온 불안감, 우울증도 사라졌다. 그런 것들이 끼어들 틈이 없었다. 하루에 단 한 번뿐인 소량의 식사였던 것이다.

예를 들어, 농부가 자두 하나를 시주하면, 그는 자두를 손에 들고 자두의 윤기 나는 질감, 모양, 부드러운 곡선을 살펴보았다. 그리고 잘 익었음을 의미하는 불그스름한 색감을 감상하며 그것이 세상과 어떻게 연결되어 있는지 상상했다. 자두를 키운 따사로운 햇살, 땅의 기운, 비를 내려 주는 구름과 밤의 별빛, 농부의 노동에 고마움을 느꼈다. 자두 한 알 속에 자연과 우주의 모든 것이 응축되어 있었다. 자두를 먹는다는 것은 그 모든 것이 자신 안으로 들어오는 일이었다. 그는 손에 든 자두의 감촉을 느끼며 자두를 입으로 가져갔다. 그리고 한 입 깨물 때 나는 소리, 입 안에 번지는 과즙의 단맛과 향긋함을 충분히 즐겼다. 자두를 먹으면서 느껴지는 행복감, 평온함, 기쁨, 만족감의 순간들을 좋고 나쁨의 판단 없이 그대로 받아들였다.

마음 챙김 명상의 스승인 우 빤디따는 마음 챙김의 특성을 이렇게 말했다. '첫째, 겉핥기가 아니다.' 당신이 만약 오전에 한 번만 먹을 수 있으며 무엇을 먹을지조차 선택의 여지가 없다면 겉핥기로 음식을 먹지는 않을 것이다. '둘째, 대상에서 눈을 떼지 않는다.' 하루에 한 번밖에 먹을 수 없는데 신이 당신의 밥그릇에 넣어 주는 자두, 바나나, 무화과, 개구리 뒷다리 튀김에서 눈을 뗄 수 있겠는가? '셋째, 대상을 마주본다.' 그런 상황이라면 아마도 연인을 바라보는 것보다 더 소중하게 음식을 마주보고 음미할 것이다.

'넷째, 마음 챙김은 마음 챙김을 낳는다.' 그 서양인은 얼마 후 일반인 수행자로 돌아갔으며, 그 마음 챙김 식사의 신성한 경험을 모든 행동으로 넓혀 갔다. '식사'라는 일상적인 부분을 명상화함으로써 무슨 일을 하든 그 자세로 하게 된 것이다. 걸을 때나, 일을 할 때나, 사람들을 만날 때 순간에서 순간으로 이어 가며 그것이 자신에게 주어진 유일한 순간임을 알고 주의력을 집중했다. 그 후 그는 미국에서 20년 넘게 마음 챙김 명상을 지도했다.

그는 태국의 밀림 속에서 하루 한 끼의 식사로 몸을 지탱했을 뿐 아니라 마음과 영혼의 자양분을 얻었다. 그리고 영혼의 풍성함은 행동 자체보다도 그 순간에 얼마나 많이 깨어 있는가에 달려 있음을 깨달았다. 진정으로 온 주의를 기울이고 있을 때, 그것이 먹는 일이든 걷는 일이든 숨 쉬는 일이든 강력한 기쁨을 가져다준다는 것을 발견한 것이다. 하나만 집중하면 그것으로 충분하다는 것을.

무명의 이름으로

_ 순종의 열매

외출에서 돌아오니 이십 대 초반의 청년이 대문 앞에서 기다리고 있었다. 주소를 어떻게 알았는지 몇 시간이나 기다렸다고 했다. 머리도 길고 평범하지 않은 차림의 그는 나에게 대뜸 명상을 가르쳐 달라고 했다. 진리를 깨닫는 것이 자기 인생의 목표라는 것이었다.

나는 명상을 잘 알지 못하니 절이나 명상 센터에 가라고 해도 들으려 하지 않았다. 깨달음을 얻지 못했기 때문에 다른 사람을 가르칠 수 없다고 아무리 설명해도 그는 포기하지 않았다. 고집 센 청년이었다. 그래서 다른 방법을 쓸 수밖에 없었다.

나는 태도를 바꿔, 내가 명상하는 곳으로 함께 가자며 그를 차에 태웠다. 그리고 전속력으로 달려 집에서 한 시간 정도 떨어진 난지도로 향했다. 지금은 꽃과 나무가 있는 생태공원으로 바뀌

216

었지만, 당시는 서울의 모든 쓰레기가 집결하는 매립지였다. 나는 어리둥절해하는 그를 잠깐 내리게 하고는 재빨리 차를 몰고 떠났다. 어쩌할 겨를도 없이 악취와 오물이 가득한 곳에 내려놓고 떠난 것이다. 미안한 마음도 있었지만, 그 정도면 마음을 고쳐먹고 다시 찾아오지 않을 것 같았다.

내 착각이었다. 한밤중에 초인종이 울려 대문을 여니 지쳐서 후줄근해진 그가 서 있었다. 난지도에서부터 몇 시간을 걸어왔다고 했다. 다시 돌려세울 수도 없어 하룻밤만 자고 떠나기로 하고 들어오게 했다. 그러나 하룻밤이 아니라 두 해를 그는 나와 함께 살았다. 매번 다음 날 보내려고 했지만 갈 곳이 없다며 무엇이든 할 테니 옆에 있게 해 달라고 간청했다.

아무래도 안 되겠다는 생각이 들어, 나도 장발인데 너마저 장발이면 사람들이 록 밴드인 줄 착각하니까 내 집에 있으려면 삭발을 해야 한다고 했다. 그러자 그는 앗 하는 사이에 정말로 가위로 머리를 잘라 버렸다. 결국 이발소에 데려가 제대로 삭발을 시키는 수밖에 없었다. 푸르스름한 머리를 보니 그는 아무렇지도 않은데 왠지 측은지심이 들었다.

머리까지 깎았으니 이름을 새로 지어 달라고 해서 나는 별 생각 없이 '무명'이라고 지어 주었다. 그날부터 그는 내 집에 오는 모든 사람들로부터 무명씨, 혹은 '노 네임'으로 불렸다. 무명은 궂은 일을 도맡아 했다. 낯선 방문객을 막는 문지기가 되었고, 내가 여행을 떠났을 때는 집을 지켰다. 개를 돌보고, 화초에 물을 주고, 마당의 잡초 뽑는 일도 그의 몫이었다.

그는 집사이고, 잔심부름꾼이었으며, 짐꾼이고, 벙어리였다. 내가 잡담을 싫어했기 때문에 거의 입을 다물고 살아야 했다. 시킨 것도 아닌데 내가 잠자리에 들기 전에 먼저 잔 적도 없었다. 이것은 심야형 인간인 나 때문에 날마다 새벽에 잠들었음을 의미했다. 그리고 아침 일찍 일어나 뒷산의 약수를 떠 오고, 집 안팎을 청소했다.

내가 명상할 때는 근처에 얼씬거리지도 못하게 해서 명상도 배우지 못했다. 명상을 배우고 싶으면 다른 데로 가라고 윽박질렀기 때문이다. 사람들이 모여 진리를 이야기하고 깨달음에 대해 논할 때도 무명은 그 자리에 낄 수 없었다. 그럼에도 손님들의 뒤치다꺼리는 언제나 그의 몫이었다.

우리는 갑자기 헤어졌다. 내가 여러 일들과 관계에 지쳐 서울 생활을 청산하고 제주도로 이사하게 되었기 때문이다. 충동적으로 결정한 일이었다. 가진 돈을 남에게 빌려주었다가 떼이는 바람에 나 역시 무일푼에 가까웠다. 헤어지면서 무명에게 제대로 돈도 쥐어 주지 못했고, 그가 받으려 하지 않아 억지로 주머니에 구겨 넣어야 했다. 우리는 잠깐 포옹을 했고, 이삿짐 트럭이 재촉하는 바람에 그길로 헤어졌다. 돌아볼 사이도 없이 그의 모습이 골목길에 가려졌다. 그렇게 이제는 남의 집이 된 대문 앞에 그를 남겨 두고 떠났다.

　세월이 붙잡을 수도 없이 흘러갔고, 가끔씩 그가 생각났지만 내가 그에 대해 아무것도 모른다는 사실을 깨달았다. 원래 상대에 대해 일일이 캐묻는 성격이 아니지만, 나는 그의 본명도 제대로 기억하지 못했다. 그는 언제나 '노 네임'이었으며, 어려서 어머니를 잃고 외할머니 손에서 컸다는 것밖에는 그의 성장 배경에 관해 알지 못했다. 그저 이튿날이나 다음 주면 떠날 것이라 여기고 두 해가 흘렀을 뿐이다.

　헤어지면서도 어디로 갈 것인지, 연락할 곳은 있는지조차 묻지 못했다. 그럴 때가 있는 것이다. 갑자기 모든 것이 불확실해져서 나 자신의 연락처조차 불분명할 때였다. 우리는 '또 만나자'라는 말도 하지 못하고 그렇게 헤어졌다.

　어느 겨울날 폭설이 내려 마당의 눈을 쓸고 있는 그에게 내가 장난삼아 눈뭉치를 던진 적이 있는데, 그는 머리에 눈뭉치를 맞고도 하던 일을 묵묵히 계속했다. 한번은 떨어진 감을 몰래 숨어서 던진 적도 있었다. 그는 그냥 미소 지었다. 그런 소소한 기억들 외에 그에 대해 아는 사실이 전무했기 때문에 그는 그렇게 내 기억 속에서 멀어져 갔다.

　그 후 사람들이 찾아와 무엇인가를 배우겠다고 할 때마다 나는 가능하면 문을 열어 주었다. 아마도 무명에 대한 미안함이 마음속에서 작용했을 것이다. 그래서 집에 사람들이 늘 북적였다. 그리고 다들 금방 떠나갔다. 그러면 또 다른 사람이 빈자리를 차지했지만 무명의 빈자리는 누구도 채우지 못했다.

그로부터 15년쯤 흘러 우리는 우연히 마주쳤다. 서울 인사동 부근에서 몇 명의 승려가 맞은편에서 걸어왔는데, 그 속에 그가 있었다. 우리는 누가 먼저랄 것도 없이 서로를 알아보았다. 옛날에도 삭발을 하고 있었기 때문에 그를 금방 알아볼 수 있었다. 우리는 반갑게 손을 마주잡았다. 말이 필요 없었다. 그도 나도 미소를 짓고 있었지만 눈에는 반가움의 눈물이 그렁거렸다.

여전히 삭발을 하고 있었지만 예전의 그가 아니었다. 훨씬 깊은 사람이 되어 있다는 것을 느낄 수 있었다. 말없는 가운데 그의 존재가 그것을 말해 주었다. 어떤 영적 깊이가, 마음의 굳건함이 느껴졌다. 그간의 안부도 묻지 못하고 손만 마주잡고 서로를 쳐다보고 있는데, 저만치서 기다리던 승려들이 "무명 스님!" 하고 불러 우리는 이내 헤어져야 했다.

그것이 그의 진짜 법명인지 별칭인지 모르지만, 그는 여전히 '무명'으로 불리고 있었다. 이번에는 그가 나를 길에 세워 두고 합장을 하며 떠나갔다.

인생에서 많은 스승을 만나고 그들의 가르침을 따랐으나 나는 무명만큼 순종의 삶을 실천하지 못했다. 나의 에고를 굴복시키는 대신, 영리함을 무기로 내 에고의 살길을 찾았다. 축복은 하심下心을 통해 스스로 받는 것임을 알지 못했다. 외부의 힘에 의해 깨진 알은 생명이 끝나지만, 내부의 힘에 의해 깨진 알은 새로운 삶이 시작된다. 위대한 일은 언제나 내부에서부터 시작된다.

사막에서 수행하던 초기 기독교 교부들의 일화가 있다. 요한이라는 난쟁이가 유명한 원로 교부를 찾아왔다. 모두가 그를 난쟁이라고 무시하자, 원로는 나무 막대기 하나를 가져다 땅에 꽂으며 요한에게 말했다.

"너는 날마다 우물에서 물을 길어다 이 나무에 물을 주거라. 열매가 열릴 때까지 그렇게 하라."

우물이 아주 멀리 있었기 때문에 요한은 저녁에 물을 길러 가면 새벽녘이 되어야 돌아오곤 했다. 그는 하루도 빠짐없이 물을 길어 날랐다. 그렇게 3년이 지난 후 그 잘린 나무가 소생해 싹이 트더니 열매가 열렸다.

원로는 그 열매를 따서 다른 수도자들에게 말했다.

"와서 이 순종의 열매를 맛보라."

고행에 가까운 물 긷는 작업을 통해 요한은 에고를 버렸다. 그는 나무가 아니라 자기 자신에게 물을 준 것이다. 그리하여 훗날 그 원로 교부보다도 위대한 스승이 되었다. 현재 이집트 사막의 수도원에는 아직도 그 순종의 나무가 자라고 있다고 한다.

내일은 없다
_ 라마야나 이야기

　북인도 아요디아는 고대 코살라 왕국의 수도로 매우 발전했던 도시이다. 1,900년 전 이 나라의 라트나 공주가 가야국에 와서 김수로 왕과 결혼해 허황후가 됨으로써 우리에게 유명해진 곳이다. 고대 베다서는 아요디아를 '신이 세운 도시이며 천국처럼 번성한 곳'이라 묘사했다.

　아요디아는 인도의 대서사시 『라마야나』의 주인공인 라마의 탄생지이다. 『라마야나』는 아요디아를 통치하던 다사라타 왕의 이야기에서부터 시작된다. 다사라타는 열 군데 방향으로 동시에 싸울 수 있을 만큼 뛰어난 전사여서 그가 전투를 할 때는 마치 열 명의 전사가 열 대의 전차를 타고 싸우는 것처럼 보였다. 그래서 '열'이라는 뜻의 '다스'와 '전차'라는 뜻의 '라타'가 합쳐져 다사라타라는 이름을 갖게 되었다.

악마와 싸울 때 신이 도움을 청할 정도로 뛰어난 전사였으나 다사라타에게는 왕위를 계승할 아들이 없었다. 그래서 아들을 낳게 해 달라고 특별한 희생물을 바치며 신에게 간청했고, 그 결과 세 명의 왕비에게서 장남 라마를 포함한 네 명의 왕자가 태어났다.

왕과 왕비들과 아들들은 아요디아에서 평화롭고 행복한 나날을 보냈다. 그러던 어느 날 다사라타는 거울을 보다가 자신이 쓰고 있는 왕관이 약간 기울어진 것을 발견했다. 기울어진 왕관은 왕의 자리를 물려줘야 함을 암시하는 징조였다. 고민 끝에 왕은 후계자에게 왕위를 물려주고 자신은 명상에 노년을 바치기로 결심했다. 그는 첫 번째 왕비 카우살리아에게 말했다.

"우리는 이 왕국에서 우리의 할 일을 다했소. 장남 라마 왕자에게 나라를 맡기고 물러납시다."

라마의 어머니 카우살리아 왕비도 동의했다.

"당신은 지혜롭고 판단력이 뛰어난 분이니 당신의 뜻을 따르겠습니다. 라마의 즉위식을 가능한 한 빨리 거행하도록 하시지요. 그러나 먼저 우리 아들이 왕좌에 오르기에 가장 적합한 날이 언제인지 바쉬스트 현자에게 물어보셔야 합니다."

왕은 즉시 현자를 초청해 조언을 구했다.

"라마의 즉위식을 거행하기에 어느 날이 길일이고, 어느 시간이 길시인지 알려 주시오."

점성학의 대가인 바쉬스트가 말했다.

"왕위를 물려주는 것 같은 중요한 일에는 길일이 따로 없습니다. 바로 오늘 왕위를 물려주십시오. 라마 왕자가 왕관을 쓰는 그 순간이 가장 좋은 시간이고, 그날이 바로 길일입니다."

왕은 말했다.

"그대의 말이 옳소. 라마가 왕이 되는 날이 바로 길일이고 최고의 순간이라는 말에 나도 동의하오. 하지만 아요디아에서 거행하는 즉위식답게 가장 성대하게 치를 수 있도록 준비가 필요하오. 즉위식에 이웃 나라들의 왕들을 초청하는 것은 나의 의무이기 때문이오."

현자가 다시 말했다.

"길일이란 다른 개념이 아닙니다. 사람들이 해야 할 일을 뒤로 미루지 않도록 하기 위해 '오늘이 바로 그 일을 하기에 길일'이라고 말해 온 것입니다. 오늘 하지 않으면 내일 무슨 일이 일어날지 아무도 알 수 없습니다. 지금 곧 라마 왕자의 즉위식을 거행하십시오."

그러나 왕은 말했다.

"무슨 말인지 이해하오. 그렇다면 하루만 시간을 주시오. 내일 즉위식을 거행하겠소."

그래서 무슨 일이 일어났는지는 『라마야나』를 읽은 사람이면 알 것이다. 왕이 '내일' 열려고 했던 라마 왕자의 즉위식은 14년이나 미뤄졌으며, 왕은 그 즉위식을 보지도 못했다. '내일'은 존재하지 않는다는 현자의 충고를 받아들이지 않은 결과였다.

『라마야나』는 그 일을 이렇게 기록한다. 그날 다사라타 왕은 아요디아의 거리를 아름답게 장식하고 이웃 나라의 왕들을 모두 초청했다. 그런데 그날 밤, 그때까지 시기도 질투도 하지 않던 세 번째 왕비 카이케이가 왕에게 억지를 부렸다. 결혼할 때 왕이 자신에게 무슨 소원이든 두 가지를 들어주겠다고 한 약속을 거론하며, 자신이 낳은 아들 바라트에게 왕위를 물려줄 것과 라마 왕자를 14년 동안 밀림으로 추방할 것을 요구했다. 왕은 그런 약속을 한 것을 뒤늦게 후회했지만 약속을 어길 수는 없었다.

이 사실을 안 라마는 자신의 운명을 받아들이고 아내 시타와 함께 밀림으로 떠났다. 맏아들이 죄 없이 추방당한 후 다사라타 왕은 가슴이 무너져 얼마 못 살고 죽었다. 그 후 라마는 파란만장한 사건들을 겪은 후 14년 만에 아요디아로 돌아와 왕위에 올랐다. 단 하루를 미룸으로써 일어난 그 '파란만장한 사건들'이 대서사시『라마야나』의 내용이다. 우리에게 가장 중요한 날은 다름 아닌 '바로 오늘'이라는 것을 『라마야나』의 저자는 말하고 있다. 하루를 미룸으로써 끝내 하지 못한 일들이 우리의 삶에 얼마나 많은가.

문어가 말을 걸다

_ 회복의 시작

모든 것이 불확실해질 때가 있다. 단단한 토대 위에 서 있다고 생각했는데 흔들리는 외줄 위를 걷고 있는 자신을 발견할 때가 있다. 하나의 심연에서 또 다른 심연으로 가고 있는 것 같을 때가. 내가 제주도로 이사했을 때가 그런 시기였다. 의미를 부여했던 것들이 빛을 잃고, 내 삶이 어디로 흘러가는지도 확신이 서지 않았다. 그러던 중 독자의 초대로 제주도에 여행 갔다가 그곳의 공기와 풍광에 반해 서울 생활을 정리하고 서귀포에 거처를 마련했다.

처음에는 힘이 들었다. 미지의 장소에 적응할 용기가 부족했던 것은 아니다. 그보다는 지친 영혼의 문제가 더 컸다. 그 무렵은 제주도로 이주하는 사람이 드물었기 때문에 낯선 환경에서의 외로움까지 겹쳐 마음 둘 곳이 없었다. 고독감을 극복하기 위해 온

종일 해안가를 걷는 것이 그곳에서의 내 일과였다. 서서히 부풀어 오르는 바다, 모였다 흩어지는 구름들, 수평선 아래로 가라앉는 붉은 해를 보면서 걷고 또 걸었다. 섬이어서 아무리 걸어도 옆에서 따라오는 바다가 끝나지 않았다.

하루는 걷다가 날이 어두워졌는데, 썰물이 시작되는 바다에 한 남자가 횃불을 들고 서 있었다. 그는 무릎까지 바지를 걷고 물속에 들어가 꼼짝 않고 서 있었다. 놀랍기도 하고 궁금하기도 해서 다가가 이유를 묻자 그는 속삭이는 목소리로 문어를 잡고 있다고 말했다.

내가 어리둥절해하자 남자는 나더러 물속으로 들어오라고 손짓을 하더니, 솜에 기름 적신 횃불을 내 손에 들려주었다. 그렇게 가만히 서서 물속을 관찰하면 돌 틈에서 다가오는 문어들이 보인다는 것이었다.

반신반의하는 나를 남겨 두고 남자는 조금 떨어진 다른 곳으로 장소를 옮겼다. 그렇게 10분도 채 지나지 않았을 때였다. 무엇인가가 내 발을 톡 건드렸다. 정말로 문어가 다가온 것이다! 문어는 긴 다리를 뻗어, 마치 너는 누구냐 하고 묻는 것처럼 내 발등을 톡톡 건드렸다.

그 순간의 전율을 어찌 잊겠는가. 어린 문어를 통해 바다가 나에게 말을 걸고 있었다. 그 문어에게 뭐라고 대답을 해야겠는데 그 순간 인간의 언어는 한없이 무력하고 피상적인 것에 불과했다. 손을 뻗어 문어를 잡을 생각도 하지 못하고 그냥 온몸에 번지는 희열을 느끼며 문어와 교감하며 서 있을 뿐이었다. 불과 몇 초에 지나지 않았지만 그 접촉은 내 고독감을 날려 버리기에 충분했다. 외로움은 세상과의 연결성을 상실했다는 의미이다. 그 순간 그 어린 문어를 통해 바다와, 아니 생명계 전체와 연결된 기분이 들었다.

고대인들은 단순히 눈을 즐겁게 하는 것이 아니라 마음과 정신과 영혼까지 감동시키는 경험을 아름다움이라고 했다. 그 어린 문어는 그렇게 발끝에서 머리끝까지 나의 온 존재를 감응시키며 나를 몇 번 더 건드려 보고는 어두운 밤바다로 사라졌다.

나는 두 해를 서귀포에서 살았고, 몸과 마음이 회복되어 다시 서울로 돌아왔다. 회복의 시작은 그날 밤 어린 문어와의 접촉이었다. 지금 그 바다는 사라지고 없다. 발끝으로 내 발등을 톡톡 치며 문어가 말을 걸던 바로 그 장소에 수백 대 트럭 분량의 콘크리트가 바다에 들이부어져 거대한 해군기지가 세워졌다. 그 위용과 파괴력에 놀라 문어들은 입을 벌리고 뒷걸음질 치며 떠나가 버렸다. 우리를 치유해 주는 자연이 그렇게 우리의 폭력적인 행위와 무지에 의해 돌이킬 수 없이 파괴되었다. 우리는 어디에서 치유받을 것인가?

닭이 몇 마리인가

_ 생명들에 값하는 삶

통합의학의 선구자인 의사 레이첼 나오미 레멘은 아버지가 돌아가신 후 여든여덟 살의 어머니와 함께 살게 되었다. 어머니는 심장에 문제가 있어서 돌봐 줄 사람이 필요했다. 육체적인 문제 뿐 아니라 어머니가 종교를 믿지 않는 것도 레이첼은 마음에 걸렸다. 살아온 삶을 되돌아보며 종교를 통해 용서받고 용서해야 평화로운 죽음을 맞이할 수 있다고 사람들이 말했기 때문이다. 또한 그렇게 해야 삶의 의미를 깨닫고 편안히 눈을 감는다는 것이었다. 그러나 레이첼의 어머니는 종교를 미신이라 여겼다.

어머니에게 최선을 다하고 싶었던 레이첼은 아침마다 15분씩 함께 명상을 하자고 제안했다. 어머니는 명상이 자기한테는 너무 조용하다고 하면서도 딸의 의도를 받아들였다. 그러나 레이첼이 가끔씩 눈을 떠서 보면 어머니는 명상하는 대신 사랑이 넘치는 눈으로 레이첼의 얼굴을 바라보고 있었다.

마침내 레이첼이 시간 낭비라 판단하고 명상을 중단하자고 말하자 어머니는 들으려 하지 않았다. 매일 아침마다 딸의 얼굴을 15분 동안 보는 것이 낙이라는 것이었다. 그래서 레이첼은 그냥 그만두었다.

그러던 어느 날 저녁을 먹은 후에 어머니가 자발적으로 거실에 앉아 한 시간 넘게 눈을 감고 있는 것을 보고 레이첼은 기뻤다. 잠든 것이 아니라는 걸 확인하고 레이첼도 그 옆에 앉아 명상을 했다. 한참 후에 눈을 뜬 어머니가 레이첼을 바라보았다. 앉아서 무엇을 했느냐고 묻자 어머니는 "닭을 세고 있었지." 하고 대답하며 미소를 지었다.

마침내 치매에 걸리셨구나 하고 당황하며 레이첼이 쳐다보자 어머니는 웃으며 말했다. 저녁 식사 때 닭고기를 먹고 나서, 불현듯 평생 동안 매주 한 번이나 두 번은 닭고기를 먹었다는 생각이 났다는 것이었다. 그래서 머리로 계산하기 시작했으며, 두 마리의 닭을 52주에 84년을 곱하니 8천 마리가 넘는다고 했다. 그러면서 어머니는 "그 많은 순수한 생명들을!" 하고 말했다.

그런 다음 어머니는 자신의 인생이 그 많은 희생의 가치가 있었는지 생각하기 시작했다고 했다. 그리고 기억할 수 있는 한 여러 관계들을 돌아보면서 자신의 인생을 되짚어 보았다. 삶에서 실망도 하고 시련도 겪고 어떤 때는 남에게 아픔을 준 적이 있지만 일부러 그렇게 한 적은 없으며, 누군가에게 거짓말이나 비난을 한 적도 없음을 알아냈다. 어머니는 미소 지은 얼굴로 레이첼을 바라보며, 자신의 삶은 그 닭들만큼의 가치가 있었던 것으로 보인다고 말했다.

이보다 더 중요한 양심선언은 없다. 삶을 영위하기 위해 우리는 얼마나 많은 닭과 소와 돼지를 먹는가? 매일 얼마나 많은 순수한 생명들을! 그 목숨들에 값하는 삶을 우리가 살고 있는지 들여다보는 것만큼 중요한 명상은 없다. 인간이라고 해서 의식 있고 허약한 존재들을 아무 생각 없이, 미안함이나 감사함 없이 먹어도 되는 것은 아니다.

네팔 동부의 돌카 지역을 여행할 때의 일이다. 하루는 걸어서 산골 마을들을 이동하다가 길을 잃었다. 숙련된 셰르파 가이드도 그 지역은 초행이라서 방향을 가늠하지 못했다. 산을 두 개나 넘으며 돌고 돌아서 저녁 나절에야 마을이 시야에 들어왔다. 하루 종일 아무것도 먹지 못한 상태였다.

산 중턱 마을로 들어서는데 어느 집 울타리에서 새끼 염소가 풀을 뜯고 있었다. 허기가 진 셰르파는 곧바로 주인과 흥정을 해서 염소를 잡아 달라고 부탁했다. 왜 내가 말리지 못했는지 지금도 이해가 가지 않는다. 우리가 굶어 죽어 가는 상황도 아니었고 고산병으로 인해 판단이 흐려진 것도 아니었다. 다른 먹을 것도 얼마든지 구할 수 있었다. 순식간에 요리가 되어 나온 염소를 보고 망연자실할 수밖에 없었다. 지금도 울타리 옆에서 나를 쳐다보던 염소의 파란 눈이, 그 순수한 생명이 떠오른다. 그 일은 내게 오랫동안 충격으로 남았다.

얼마나 많은 동물들을, 생명들을 우리는 먹는가. 우리와 똑같이 살아 있기를 원하고 행복을 갈망하는 생명체들의 희생을 바탕으로 우리는 살아간다. 그 삶을 잘 사는 것만이 그 생명들에 값하는 길이다. 그들이 어느 날 꿈속에서 우리에게 물을 것이다. 자신들의 수많은 희생에 값하는 삶을 살고 있느냐고.

시크교에서 전해 오는 이야기가 있다. 한 영적 스승이 후계자를 정하기 위해 자신이 아끼는 제자 두 명을 오두막으로 불러 각자에게 닭 한 마리씩을 주며 말했다.

"아무도 보지 않는 곳으로 가서 이 닭을 죽여 가지고 오라."

한 제자는 즉시 아무도 없는 오두막 뒤로 가서 닭을 죽여 가지고 왔다. 또 다른 제자는 몇 시간 동안 주위를 헤매 다니다가 결국 살아 있는 닭을 들고 돌아왔다. 스승이 "무슨 일이냐?"고 묻자 제자는 말했다.

"어디에서도 닭을 죽일 만한 장소를 찾지 못했습니다. 아무도 보지 않는 장소는 어디에도 없었습니다. 어딜 가든 닭이 보고 있었습니다."

만남은 결코 존재의 모자람 때문에 이루어지는 것이 아니고, 오히려 만남이 존재를 발견하게 한다. 만남을 통해 존재의 부족함을 채우는 것이 아니라 존재의 온전함을 발견하게 된다는 것이다. 따라서 나를 존재하게 만드는 너는 그만큼 특별한 존재이다. 무의미를 의미로 바꾸는 것이 '나─너'의 관계이다.

어둠 속에서 눈은 보기 시작한다

_코기 족 원주민 이야기

안데스 산맥 북쪽 끝, 콜롬비아의 시에라네바다 데 산타마르타 산에는 코기 족 인디오가 해발 5,900미터 높이의 어딘가에서 살고 있다. 유럽인들을 피해 오랜 세월 동안 외부 세계와의 접촉을 거부하고 살아온 이들에게는 독특한 전통이 있다. '마마'라고 불리는 코기 족 사제들은 신점을 쳐서 장차 사제가 될 운명을 지닌 존재가 태어날 시기를 알아낸다. 선택된 아이는 태어나자마자 산 위쪽의 동굴로 옮겨진다.

젖먹이 때는 어머니가 동굴 옆에 머물면서 젖을 먹이고 보살피지만 아이는 사제들에 의해 양육된다. 9년 동안 일절 동굴 밖으로 나갈 수 없으며, 해와 달조차 볼 수 없다. 낮에 자고 밤에 깨며 버섯, 호박, 콩 등 소박한 음식만 먹는다. 사제들은 세상을 창조한 '위대한 어머니'인 알루나에 대한 이야기를 들려주고, 신화와 종교의식을 아이에게 가르친다. 이 기간이 끝나면 아이는 인간의 마을로 내려갈지, 동굴에 남아 배움을 계속할지 선택할 수 있다. 후자를 택하면 다시 9년의 교육이 동굴에서 이어진다.

희미한 빛밖에 없는 동굴 안에서 아이는 자기 내면의 영성과 대화하는 법, 하늘과 땅의 비밀, 인간 세상의 특별함과 아름다움을 배운다. 그러면서 나무와 산이 어떤 모습이고, 하늘을 나는 동물들이 어떻게 생겼으며, 바닷물이 몸에 닿을 때 어떤 느낌일지 궁금해한다. 그리고 어둠 속을 보는 데 익숙해졌기 때문에 마음이 지어내는 환상을 꿰뚫어 보는 투시력이 생겨난다.

마침내 18년의 혹독한 수련이 끝나는 날, 아이는 사제의 손에 이끌려 시에라 산맥의 새벽빛 속으로 나온다. 그때까지 관념과 상상 속에서만 존재해 온 세상과 만나는 것이다. 그때의 충격! 놀라움과 경이로움! 나뭇잎들의 초록색 수런거림, 바위에 자라는 이끼, 골짜기를 나는 새, 최초로 살에 와 닿는 햇빛, 온갖 종류의 나무와 꽃들! 경외감에 압도되어 아이는 무릎을 꿇고 위대한 어머니 알루나에게 절하지 않을 수 없다. 그리하여 아이는 대지에 깃든 신성을 평생 마음에 간직하게 되고 부족의 사제로 탄생한다. 그는 부족 사람들에게 그 신성을 일깨우는 일을 하고, 이 세계와 영적 세계를 연결하는 고리 역할을 한다.

이 코기 족 전통에서 나는 또 다른 의미를 발견한다. 삶에서 겨는 고통의 시기는 어두운 동굴에 갇혀 지내는 것과 같다. 희망의 빛이 차단되고 외부 세계가 주는 즐거움도 사라진다. 이 경험은 우리를 깊어지게 한다. 시력이 좋아지게 하기 위해 갓난아기 때 일정 기간 캄캄한 방에서 키우듯이, 어둠과 고통의 시간은 삶을 깊고 넓게 보는 통찰을 준다. 밝음 속에서만 머물면 시력은 깊이감을 얻기 어렵다.

고통은 우리를 동굴 안에 가두며, 영원히 외부의 빛을 다시 볼 수 없을 것만 같다. 삶이 이대로 끝나 버릴 것 같다. 그러나 그 기간을 통과하면 어느 날 봄 햇살이 느껴지고, 터질 듯한 꽃망울들이 보이고, 바람을 이겨 내는 나비의 날갯짓이 다가온다. 어떻게 뿌리를 내렸을까 싶은 돌틈의 풀꽃에서 힘을 얻는다. 그 눈뜸, 세상과의 새로운 만남 하나만으로도 어둠의 시기는 가치가 있다. 삶이 우리에게 부여하는 이 어둠 명상은 자기 자신에 대해 배우고, 정화하고, 자기를 전체적으로 보는 기회이다. 그 영적 어둠의 시기를 통해 자기 안의 신성과도 연결된다. 그것이 정신적 고통이 주는 신비이다.

코기 족 사제를 가리키는 '마마'는 성직자이면서 동시에 '치료사'의 의미이다. 어둠의 시련을 거치지 않은 사람은 다른 사람의 어둠을 치료할 수 없다. 상처와 고통은 단순한 지식에서 통찰력 있는 지혜로 옮겨 가는 다리이다.

'축복blessing'이라는 영어 단어는 '상처 입히다blesser'라는 프랑스어에서 나왔다. 축복은 종종 상처와 고통을 통해 오기 때문이다. 삶이 지닌 경이와 아름다움 앞에 무릎 꿇기 위해서는 어두운 동굴의 시간, 심리적 추락의 경험이 필요하다. 많은 영적 치료사들은 그런 인생의 시련을 겪고 마침내 동굴 밖으로 나와 세상의 신비와 마주한 사람들이다. 너무 밝은 빛 속에선 보이지 않는 것들이 있다.

어두울 때 우리는 아무것도 볼 수 없다. 그때 빛은 우리 자신으로부터 나온다. 시인 시어도어 로스케도 썼다.

'어둠 속에서 눈은 비로소 보기 시작한다.'

금 간 보석

_ 부서져서 열리기

작은 왕국을 소유한 왕이 있었다. 역사에 남은 위대한 왕들과 달리 그는 정복자도 아니었고, 영토가 넓지도 않았으며, 왕국의 자산도 내세울 만한 것이 없었다. 하지만 이 왕에게는 특별한 다이아몬드가 하나 있었다. 기원을 알 수 없지만 그의 가문에서 수 세기 동안 전해 내려오는 특별하고 완벽한 다이아몬드였다. 전 세계의 전문가들이 와서 최고의 평가를 내린 명품 보석이었다.

왕은 모두가 감상할 수 있도록 다이아몬드를 왕궁 중앙 홀에 전시했다. 날마다 수많은 관람객이 몰려와 그것을 보며 감탄사를 연발했다. 다른 것이 없어도 그 아름다운 보석 하나만으로도 왕국의 미래가 밝았다.

어느 날, 경비병이 달려와 왕에게 고했다. 밤낮으로 지키기 때문에 아무도 건드리지 않았는데 다이아몬드에 금 간 것이 발견되었다는 것이었다. 왕과 대신들이 황급히 달려가 보석을 살폈다. 과연 병사의 보고대로 다이아몬드 한가운데에 금이 가 있었다.

왕은 즉시 나라 안팎의 보석 감정사들을 불러 다이아몬드를 살펴보게 했다. 한 명씩 돌아가며 면밀히 감정한 끝에 그들은 그 다이아몬드가 쓸모없는 돌이 되었다고 최종 결론을 내렸다. 수리가 불가능할 만큼 결함이 생긴 것이었다. 왕은 충격을 받아 주저앉았고 왕국 전체가 실의에 빠졌다. 여행자들조차 이 작은 왕국이 이제 보잘것없는 변방 국가로 전락하거나 다른 왕국의 부속 도시가 되리라는 걸 느낄 만큼 나라 전체가 침체되었다.

모두가 좌절하고 있을 때, 자신이 보석 세공사라고 주장하는 노인이 나타났다. 다이아몬드를 살펴본 그는 자신감 넘치는 목소리로 말했다.

"내가 이 보석을 수리할 수 있소. 아니, 전보다 더 아름다운 보석으로 만들 수 있소."

왕은 미심쩍은 눈으로 노인을 바라보았다. 대신들도 일제히 부정적인 목소리를 내었다.

"보석을 저자에게 맡겨선 안 됩니다. 금 간 것을 더 망가뜨릴 게 뻔합니다. 그렇게 되면 과거의 영광을 회상하는 일마저 불가능해집니다. 더구나 저자는 전문가처럼 보이지도 않습니다."

늙은 보석 세공사가 다시 선언했다.

"나에게 이 보석을 맡기면 일주일 후에 완벽하게 만들어서 가

저오겠소.”

대신들은 더욱 반대하고 나섰다. 그자가 다이아몬드를 훔쳐 달아나려는 음모인지도 모를 일이었다.

비록 이제 무가치한 돌이 되었지만, 왕은 그 보석이 시야에서 사라지는 걸 원치 않았다. 그래서 왕궁 안에서 작업을 한다는 조건으로 노인의 제의를 수락했다. 그리하여 왕궁 한켠에 세공사를 위한 작업실이 꾸며지고, 모든 편의가 제공되었다.

왕과 대신들뿐 아니라 나라 전체가 숨을 죽이고 기다렸다. 기나긴 일주일이었다.

마침내 약속한 기간이 지나고, 보석 세공사가 다이아몬드를 손에 들고 나타나 왕에게 건네주었다. 왕은 자신의 눈을 믿을 수 없었다. 보석이 경이로울 정도로 훌륭하게 변해 있었다. 노인은 보석의 결함을 해결했을 뿐 아니라 그것을 바탕으로 전보다 더 아름다운 것으로 재탄생시켰다. 그는 보석 한가운데를 지나간 금을 줄기로 삼아 활짝 핀 장미꽃과 생동감 있는 잎사귀, 가시들을 조각했다. 대가다운 안목에 정교하기 이를 데 없는 솜씨였다.

기쁨에 넘친 왕은 왕궁에 거처를 제공할 테니 언제까지나 그곳에 머물러 달라고 청했지만 노인은 제의를 거절하며 말했다.

“내가 한 것은 대단한 일이 아닙니다. 단지 결함 있고 금 간 것을 아름다운 요소로 바꿔 놓았을 뿐입니다.”

인간 존재는 누구나 완벽하게 아름다운 다이아몬드로 태어난다. 그러나 삶이 우리 존재의 보석에 금이 가게 만든다. 하지만 그 불완전하고 상처 입은 자신을 아름답게 재탄생시키는 것이 바로 삶의 예술이다. 흠과 결함을 더 창조적인 것으로 변신시키기 때문에 '예술'인 것이다.

한 여성이 심리상담의를 찾아왔다. 당당하고, 자신감 있고, 흠잡을 데 없어 보이는 그녀는 의자에 앉자 갑자기 울음을 터뜨렸다. 상담의가 다가가 손을 잡아 주자, 그녀는 그 상태로 한동안 흐느끼다가 마침내 눈물로 범벅이 된 얼굴을 들며 당황해서 말했다.

"죄송해요, 몇 년 동안 울지 않았는데……"

사연은 이러했다. 두 달 전 그녀는 왼쪽 유방을 절제했다. 갑자기 유방암 판정을 받은 상태에서 그녀가 내릴 수 있는 최선의 선택이었으며 수술은 잘 끝났다. 삼십 대 중반의 미혼에 성공적으로 자신의 경력을 쌓아 나가던 그녀에게 상상 못한 일이 일어난 것이다. 많은 남성들로부터 구애를 받았었지만 이제는 모든 것이 끝났다고 그녀는 말했다. 누구에게도 자신의 흉한 몸을 보이고 싶지 않았다.

회사의 누구도 그녀의 수술 사실을 알지 못했다. 부모에게조차 알리지 않고 그녀 혼자서 수술대 위에 올랐다. 심리상담의를 찾아온 이유는 그 비밀의 무게가 너무 커서 말할 상대가 필요했기 때문이다.

그 후 몇 해 동안 그녀는 서너 달에 한 번씩 상담사를 찾아왔다. 그녀의 생활은 전과 달라진 것이 없었다. 연애와 결혼에 대한 생각을 접고 오직 일에만 에너지를 쏟는 것 외에는. 평생을 독신으로 살 생각이냐고 묻자 그녀는 그렇지 않다고 했다.

"5년 동안만 그렇게 할 거예요. 5년 후에 유방 재건 수술을 받기로 했거든요."

담당 의사가 암의 재발 여부를 지켜본 후에 그 수술을 하는 것이 좋다고 권했기 때문이었다. 5년 후면 자신이 자유로운 삶을 되찾을 것이라고 그녀는 말했다.

그 중요한 수술을 앞둔 몇 달 전 다시 상담의를 찾아왔을 때 그녀는 전시회 오프닝에 갔다가 한 화가와 대화를 나누게 되었는데 마음이 잘 통하는 남자라고 했다. 그러나 그와 가까워질수록 불안해졌고, 그에게 사실을 말하면 관계가 끝날 것이라고 그녀는 믿었다.

"그는 나와 친구 이상의 관계로 발전하기 원하지만 난 내 추한 몸을 그에게 보여 줄 수 없어요. 이제 수술이 6개월밖에 안 남았어요."

그녀는 1년 전부터 수술 날짜를 예약했으며, 의료보험이 적용되지 않았기 때문에 천문학적인 수술 비용을 위해 5년 동안 열심히 돈을 모았다. 수술이 성공해 온전한 육체를 되찾기를 그녀는 간절히 바랐다. "정말 잘 되면 좋겠어요." 그렇게 말하는 그녀의 눈에 눈물이 어렸다.

그러고는 한동안 찾아오지 않다가 수술 며칠 전에야 나타난 그녀는 몰라보게 달라져 있었다. 얼굴에 기쁨과 행복이 넘쳐 있었다. 상담의가 수술 일정에 대해 묻자 그녀는 미소를 지으며 수술을 취소했다고 말했다.

놀라서 이유를 묻는 상담의를 잠시 응시하던 그녀는 천천히 블라우스의 단추를 풀었다. 그리고 머리 위로 옷을 벗었다. 브래지어는 하지 않았다. 정상적인 오른쪽 가슴은 아름다웠다. 그러나 그 아름다움은 왼쪽 가슴의 압도적인 아름다움에 빛을 잃었다. 유방이 절제된 자리에 작고 정교한 꽃들이 하나 가득 새겨져 있었다. 얼마나 사실적으로 그려졌는지 실제로 한 다발의 꽃이 피어 있는 것 같았다. 파스텔 톤의 줄기가 왼쪽 어깨를 넘어 등으로 이어져 그곳에도 바람에 날린 듯 꽃잎 몇 장이 흩어져 있었다. 그녀의 몸 자체가 아름다운 화폭이었다.

놀라움에 입을 다물지 못한 상담의는 같은 여성으로서 질투심마저 느꼈다. 남자들은 그런 여성을 꿈속에서나 만날 수 있을 것이다. 다시 옷을 입고 단추를 채운 그녀는 여전히 놀라움을 감추지 못하는 상담의에게 말했다.

"화가인 남자 친구가 그려 주었어요. 우린 함께 암스테르담으로 가서 문신을 완성했어요. 그리고 그동안 모은 돈으로 신혼여행을 다녀왔어요. 이제 정말 행복해요."

부서지고 깨어졌을 때 자신에게 남은 것으로 아름다운 인생을 다시 창조하는 것만큼 위대한 예술은 없다. 부서진 가슴은 열린 가슴이다. 부서졌을 때 밝은 쪽으로 향하는 본능이 영혼의 복원력이고 영성이다. 우리는 상처 때문에 불완전한 인간으로 남는 것이 아니라 상처의 결과로 온전한 인간을 향해 간다.

『불완전함의 영성*Spitrituality of Imperfection*』의 저자 어니스트 커츠는 썼다.

"우리의 부서짐이 우리를 온전한 존재로 이끈다. '부서진 마음을 가진 사람만큼 온전한 이는 없다.'고 사소브의 랍비 모세 라이브는 말했다. '온전함'이라는 말이 '부서지지' 않은 마음, 즉 고통이 없는 상태를 의미하지 않기 때문이다."

내 안의 비평가

_ 비평을 넘어 존재로

얼마 전 원불교의 여성 지도자 한 분과 대화를 나누던 중 젊은 시절 출가할 때의 일화를 듣게 되었다. 대학을 졸업하고 출가하겠다고 하자 아버지의 반대가 심했다. 아무리 설득해도 허락을 받을 수 없었다. 그토록 완강하게 반대하는 이유를 묻자 그녀의 아버지는 뜻밖의 말을 했다. 맏딸로 자란 그녀가 책임감이 강하고 정의롭다는 것을 잘 알기에 그 점에 대해선 걱정하지 않지만, 출가하면 공동체 생활을 해야만 하는데 다른 사람들의 결점이나 잘못을 지적하지 않고, 또한 자신의 생각과 다른 의견들을 받아들일 수 있겠느냐는 것이었다.

아버지의 지적에 그녀는 큰 깨달음을 얻었다. 그리고 그 점을 명심하겠노라 다짐하고 마침내 허락을 받아 낼 수 있었다. 출가 생활 50년 동안 그녀는 늘 그 점을 마음에 새겼으며, 자신의 '올

바른' 생각과 다르거나 정의로움에 어긋나는 행동들이 보여도 그 사람들이 왜 그렇게 생각하고 행동하는지 그들의 입장에서 살피게 되었다. 그리고 '모든 사람이 행복을 원한다'는 사실을 잊지 않았다. 그것이 그녀를 존경받는 위치에 오르게 하고, 많은 이들이 멘토로 삼는 이유일 것이다.

전에 서울에서 작은 공동체 생활을 할 때 인도의 명상 센터에 있던 여성이 잠시 우리와 함께 살게 되었다. 매사에 올바르고 정확한 그녀는 석 달의 기간 동안 한 가지 깊은 인상을 남겼다. 다름 아닌 놀라운 비판 능력이었다.

문제는 그녀의 모든 지적이 '옳다'는 것이었다. 설거지는 식사 후 바로 해야 하고, 마당의 잡초는 '제때' 뽑아야 하며, 명상은 정해진 시간에 '반드시' 해야 한다. 방문객들은 예고 없이 찾아오거나 오래 머물러선 안 된다. 공동생활인 만큼 순번을 정해 일을 해야 하고, 빈둥거리거나 낮잠을 자서도 안 된다.

그녀는 생활 규칙이 적힌 종이를 냉장고, 방문, 화장실 곳곳에 붙여 놓았다. 그 결과 식사 후의 여유가 사라지고, 마당의 다양한 풀들은 자취를 감추었으며, 방문객과의 대화도 눈치가 보였다. 사실 우리는 인위적인 규칙을 정하지 않은 자율적인 삶이 얼마나 가능한지 실험하기 위해 한시적으로 공동체를 시도한 것이었다. 인위적으로 정해진 규칙과 질서가 없다면 무슨 일이 일어날 것이며, 우리의 삶은 어떻게 될까? 규칙을 강요하지 않으면 우리가 가진 본래의 지성과 지혜가 나타날까? 그런데 실험이 결실을 맺기도 전에 한 사람의 비평으로 수많은 '규칙'에 갇혀 버렸다. 엄격한 그녀의 눈에 우리는 규율 잡히지 않은 현실도피자에 불과했다.

우리가 가만히 앉아 있으면 그녀는 "왜 그렇게 우두커니 앉아 있느냐?"고 나무랐다. 마당의 풀꽃을 감상하고 있으면 "왜 그렇게 시간을 낭비하느냐?"며 시간을 아껴 명상하라고 다그쳤다. 모든 걸음걸이와 말투, 생각까지도 지적받았다. 우리가 웃으면 소란스러운 것이고, 그녀 자신이 웃으면 행복해서 웃는 것이었다. 우리가 춤을 추면 난동이고, 그녀가 춤을 추면 춤 명상이었다. 아주 고된 시련이었다.

인간에 대한 가장 나쁜 예의는 '너는 온전하지 못하기 때문에 내가 바로잡아야만 한다.'는 자세이다. 각자의 내면에 훌륭한 교사가 있음을 인정하지 않는 일이다. 자신이 가진 유일한 연장이 망치일 때는 모든 대상을 튀어나온 못으로 보게 된다. 자신이 옳은 길을 걷고 있다고 해서 그 길만이 옳은 것은 아니다. 그 길은 많은 옳은 길 중의 하나일 뿐이다. 행복한 관계는 비평이나 조언이 아니라 상대방의 '순수 존재'를 있는 그대로 받아들일 때 찾아온다.

인도인 스승 수크데브 바바지는 15년 넘게 만났는데 단 한 번도 나의 삶이나 행동에 대해 충고를 가한 적이 없다. 왜 쓸데없이 돌아다니느냐, 그 장소는 위험하니 가지 마라, 명상은 이렇게 하는 것이다, 저 인도인은 조심해라 등등 많은 말을 할 수도 있었지만 그렇게 하지 않았다. 그가 세상을 떠나고 나서야 깨달았는데, 그와 나는 정말로 아무 기대나 주장 없이 '존재와 존재'로 만났다는 것이다. 나는 굳이 그의 제자일 필요도 없었다. 나는 당신과도 그렇게 만나면 좋겠다. 비평과 평가 없이, 존재와 존재로.

이런 이야기가 있다. 힌두교 탁발승과 유대교 랍비와 비평가가 우연히 같은 시간에 한 여인숙에 도착했다. 폭풍이 심하게 치는 밤이었는데 여인숙에는 빈방이 하나밖에 없고 침대도 두 개뿐이었다. 그래서 한 사람은 헛간에서 자야만 했다. 힌두교 탁발승이 자신은 고행승이기 때문에 헛간에서 자도 아무 문제가 없다고 말하며 헛간으로 들어갔다. 잠시 후 탁발승이 돌아와 방문을 두드리며 말했다.

"내가 따르는 종교는 소를 숭배하기 때문에 소를 방해해선 안 됩니다. 헛간에 소가 있어서 나는 그곳에서 잘 수 없습니다."

그러자 유대교 랍비가 "걱정하지 말고 당신은 이 방에서 편안히 주무시오. 내가 헛간에서 자겠소."라고 말하고 헛간으로 갔다.

잠시 후 랍비가 돌아와 문을 두드리며 말했다.

"헛간에 돼지가 있어서 나는 안 되겠소. 내 종교에서 돼지는 불결한 동물이기 때문에 돼지와 함께 자는 것은 받아들일 수가 없습니다."

그러자 비평가가 말했다.

"그럼 좋습니다. 내가 헛간으로 가서 자리다."

몇 분 뒤 다시 방문 두드리는 소리가 났다. 문을 여니 그곳에 소와 돼지가 서 있었다.

우연한 선물

_ 넓어져 가는 원

시인 파블로 네루다는 자서전 『추억*Memories*』에서 어렸을 때의 일을 이야기한다. 집의 뒷마당에서 놀던 파블로는 자기 세계의 작은 물건들과 소박한 존재들을 살펴보다가 담장 판자에 뚫린 구멍을 발견하게 된다. 그 구멍으로 바깥을 내다보니 아무도 돌보지 않는 황량한 풍경이 펼쳐져 있었다.

"나는 몇 걸음 뒤로 물러났다. 무슨 일이 일어나려 하고 있다는 걸 어렴풋이 느꼈기 때문이다."

그때 파블로와 같은 나이 또래의 작은 손 하나가 구멍으로 홀연히 나타나더니 흰 양을 주고 사라졌다. 털이 바래고 바퀴가 떨어져 나간 장난감 양이었다. 그래서 더 진짜 양처럼 보였다.

"그렇게 근사한 양은 본 적이 없었다. 나는 그 구멍으로 다시 밖을 내다보았지만 아이는 사라지고 없었다."

파블로는 집 안으로 달려가서 솔방울 하나를 가지고 나왔다. 솔 냄새와 송진으로 가득한, 자신이 가장 아끼는 보물 중 하나였다. 파블로는 솔방울을 구멍 밖에 내려놓고 나서 양을 가지고 돌아왔다.

"나는 그 손도 아이도 다시는 보지 못했다. 불이 나는 바람에 그 장난감 양도 결국 잃었다. 쉰 살이 다 된 지금도 완구점 앞을 지날 때면 진열장 안을 들여다보지만 소용없는 일이다. 이제 그런 양은 더 이상 만들지 않는다."

파블로 네루다는 여러 글에서 이 사건을 이야기하며 이렇게 적었다.

"나는 운 좋은 사람이었다. 인간과 인간 사이에서 느끼는 친밀감만큼 근사한 것은 없다. 우리가 사랑하는 사람들의 사랑을 느끼는 것은 우리 삶을 지탱하는 불이다. 그러나 우리가 모르는 낯선 사람들의 사랑을 느끼는 것은 더 위대하고 아름다운 일이다. 우리에게 알려지지 않은 사람들, 우리의 잠과 고독을 지켜보고 우리의 위험과 약함을 지켜주는 그런 사람들로부터 오는 사랑을 느끼는 것. 그것은 우리 존재의 범위를 넓혀 주고 모든 살아 있는 것들을 하나로 묶어 준다. 그 선물 교환은 나로 하여금 처음으로 '모든 인간은 하나'라는 소중한 생각에 눈뜨게 했다."

그러면서 그는 고백한다.

"나는 인간의 형제애를 나누기 위해 지구 비슷한 모양의, 송진

향내 나는 걸 주려고 노력해 왔다. 그날 담 너머에 솔방울을 갖다 놓았듯이 나의 말과 언어를 내가 알지 못하는 수많은 사람들의 문 앞에, 감옥에 있는 사람들과 쫓기는 사람들 혹은 외로운 사람들의 문 앞에 놓아 왔다. 그것이 내가 어린 시절에 외딴 집 뒤뜰에서 배운 중요한 교훈이다. 그것은 서로를 모르면서도 삶의 어떤 좋은 걸 상대방에게 주고 싶어 한, 두 아이의 놀이에 지나지 않았을지도 모른다. 그렇지만 이 작고 신비한 선물 교환은 내 속 깊이 불멸의 것으로 남아, 내 시에 빛을 던져 주고 있다."

선물은 우연한 것일 때 마음에 더 새겨진다. 특히 낯선 사람으로부터 오는 선물은 인생에 깊은 영향을 미친다. 그것은 타인을 바라보는 시각을 수정하게 만들고, 형제애에 한 걸음 다가가게 하며, 내 삶의 범위를 확대시킨다. 명상이나 종교를 통해 나 자신이 모든 존재와 연결되어 있음을 이해할 수도 있지만, 어느 순간 나를 감동시켜 자아의 문을 열게 하고 생생한 유대감을 느끼게 하는 것은 그런 우연한 선물이다.

이십 대 중반일 때, 서울 대학로 부근을 지나다가 히피 차림의 서양인 청년과 마주친 적이 있다. 외국인 여행자가 많지 않던 시절이라서 긴 갈색 머리에 수염을 기른 그는 금방 눈에 띄었다.

처음에 우리는 그냥 지나쳤는데 서로의 행색이 뇌리에 남아선지 몇 걸음 가다가 동시에 돌아보게 되었다. 우리는 서로에게 다가가 말을 걸었다. 그는 뉴욕 주 출신이고, 인도와 네팔을 여행했으며, 내가 영적 스승들에 대해 이야기하자 무척 반가워했다. 그러더니 그는 어깨에 멘 천가방에서 음악 테이프 두 개를 꺼내 내게 주었다. 얼떨결에 귀한 선물을 받은 나는 답례로 그를 껴안았고, 우리는 헤어져서 각자 가던 길을 갔다. 10여 미터 가다가 뒤돌아보았더니 그도 뒤돌아보았고, 손을 흔들어 보이고 나서 그것으로 작별이었다.

그가 선물한 음악은 그때까지 한 번도 들어 본 적 없는 놀라운 곡들이었다. 내 귀에 익숙한 음악들과는 차원이 다른 명상 음악이었다. 그 음악을 얼마나 듣고 또 들었는지 테이프가 늘어날 정도였다. 나중에는 복사본을 만들어서 들었다. 그때부터 나는 명상 음악의 마니아가 되었으며, 범위를 넓혀 인도 음악과 아메리카 인디언 음악까지 찾아서 듣게 되었다. 그 이후 명상 음악은 내 삶을 충만하게 채워 주는 중요한 요소가 되었다. 그리고 마음에 드는 음악을 구하면 주위 사람들과 나누려고 노력했다. 내가 해 온 명상 서적 번역, 잠언시 엮음 등도 그런 나눔의 시도였다. 길에서 낯선 이로부터 선물 받은 두 개의 음악 테이프가 내 삶의 많은 부분을 바꿔 놓았다. 어떤 좋은 걸 타인에게 주려고 하는 것만큼 널리 전파되는 마음은 없다.

또 다른 선물은 북인도 바라나시에서였다. 내가 묵은 게스트하우스의 베란다에서 인도인 노인이 아침마다 무엇인가를 암송

했다. 알고 보니 그는 힌두 고대 경전 『바가바드 기타』의 뛰어난 해석가였다. 그곳에 머무는 동안 나는 날마다 그와 마주앉아 일대일로 『바가바드 기타』 강의를 들었다. 그것은 낯모르는 사람이 아무 조건 없이 이방인에게 줄 수 있는 최고의 지적 선물이었다. 내가 그에게 해 준 것은 가지고 있던 손톱깎이로 그의 손톱과 발톱을 깎아 준 것이 전부였지만, 그가 보여 준 완전히 다른 차원의 세계, 그가 넓혀 준 나의 지평은 인간과 새와 동물이 뛰어놀 만큼 드넓고 희망찬 곳이었다. 지금도 『바가바드 기타』를 펼치면 그의 암송 소리가 들리는 듯하다.

모든 인간의 마음 안에는 하나의 원이 있다. 인생을 살아가면서 그 원이 넓어지는 사람이 있는가 하면 그 원이 더 좁아지는 사람이 있다. 그 원이 무한히 넓어질 때 신까지도 그 안에 들어올 수 있다고 나는 믿는다. 그것이 영적 대자유이다.

릴케는 시 「넓어지는 원」에서 썼다.

넓은 원을 그리며 나는 살아가네
그 원은 세상 속에서 점점 넓어져 가네
나는 아마도 마지막 원을 완성하지 못할 것이지만
그 일에 내 온 존재를 바친다네

인생은 뒷마당 벽에 난 구멍을 발견하는 것과 같다. 황량한 세계가 내다보이는 곳에서 손 하나가 나타나 우리에게 무슨 선물을 주고 갈지 우리는 예상할 수 없다. 삶을 돌아보면 내가 받은 행운은 대부분 그런 뜻밖의 선물로부터 온 것이었다. 낯모르는 사람이 아낌없이 자신의 것을 나눠 준 그 선물은 우리를 행복하게 할 뿐 아니라 우리 안의 원을 넓혀 준다. 우리가 그것을 다시 다른 사람들과 나눌 때 그 원은 더욱 넓어진다. 우연을 가장하고 신이 보낸 놀라운 선물을 '지복'이라 부른다.

숫자에 포함시킬 수 없는 사람

_ 나와 너

신약성서는 '태초에 말이 있었다'라고 시작하지만, 독일의 사
상가 마르틴 부버는 '태초에 관계가 있었다'라고 썼다. 부버는 인
간이 맺는 두 종류의 관계에 대해 말한다. '나-너Ich-Du'의 관계
와 '나-그것Ich-Es'의 관계이다.

'나-그것'의 관계는 기능적인 관점에서 상대방과 관계를 맺는
것이다. 이때 상대방은 동일하거나 더 나은 기능을 가진 다른 사
람으로 언제든 대체될 수 있으며, 나의 목적을 이루기 위한 도구
로서만 유용하다. 반면에 '나-너'의 관계는 인격적인 관계로, 무
엇으로도 대체될 수 없는 유일한 '나'와, 역시 대체 불가능한
'너'의 관계이다.

'나-너'의 관계는 온 마음을 기울이는 관계이며, '너'를 나의
의도에 따라 판단하지 않는다. 판단은 '나-그것'의 관계에서 주

로 일어난다. '나-너'의 관계는 사랑의 관계이고, '나-그것'의 관계는 쓸모의 관계이다. '나-너'의 관계는 상대방을 현존하도록 만들지만, '나-그것'의 관계는 눈앞에 있는데도 상대방을 유령처럼 만든다. 필요한 것은 그 사람이 가진 기능일 뿐이지 '그 사람'이라는 존재 자체가 아니기 때문이다. 이때는 '너'라는 의미가 '내가 이용할 수 있는 용도'라는 의미일 뿐이다. 나에게 불필요한 '너'는 존재하지 않는 것이나 마찬가지다. 그리고 그렇게 됨으로써 '나' 역시 '너'에게 존재하지 않는 사람이 된다.

　인간관계에서 가장 큰 상실은 '나-너'의 만남을 잃는 일이다. 그때 그것은 관계가 아니라 거래이다. 내가 종종 경험하는 작가와 출판사의 관계에서도 그러하듯이, 거래에서는 순수 존재로서의 '나'보다 상품 가치로서의 '나'가 우위에 선다. 출판 마케팅 담당자들이 회의 때 '타깃'이라는 용어를 일상적으로 쓰는 것을 보고 놀란 적이 있다. 독자가 판매의 목표물인 '그것'으로 전락하는 것이다.

　오히려 독자들과의 만남에서는 '나-너'의 관계가 가능하다. 그 중의 어떤 만남은 시간이 흘러도 변함없이 이어진다. 작가의 행복은 책이 얼마나 판매되었는가가 아니라 독자와의 공감을 통해 이루어지는 '나-너'의 순수 관계이다. 모든 관계의 불행과 갈등은 '나-너'의 관계가 되지 못하고 '나-그것'이 됨으로써 온다고 부버는 지적한다. 용도와 기능이 존중받아도 존재가 무시되면 진정한 관계가 불가능하다.

오랜 기간 여행했기 때문에 인도와 네팔에서도 나를 알아보는 현지인들이 늘었다. 그들 중에는 '나-너'의 관계가 이어지는 사람들이 있고, 아무리 만나도 여전히 '나-그것'의 관점으로 나를 대하는 이들이 있다. 어떤 게스트하우스는 10년을 가도 나는 요금을 올려받을 수 있는 투숙객일 뿐이며, 어떤 게스트하우스는 한두 해 만에 가족처럼 된다. 존재가 풍요로워지는 장소는 두말할 필요 없이 후자의 경우이다.

마르틴 부버는 "만남은 결코 존재의 모자람 때문에 이루어지는 것이 아니고, 오히려 만남이 존재를 발견하게 한다."는 중요한 말을 했다. 만남을 통해 존재의 부족함을 채우는 것이 아니라 존재의 온전함을 발견하게 되는 것이다. 따라서 나를 온전히 존재하게 만드는 너는 그만큼 특별한 존재이다. '나'는 '너'로 인해 '나'가 된다. 이것은 '나' 중심주의로부터의 해방이다.

물론 '그것' 없이 인간은 살 수 없지만 '그것'만 가지고 사는 사람은 사람이 아니라고 부버는 말한다. 설령 대상이 사물이나 동물이라고 해도 온 마음을 기울이면 '나-그것'이 아닌 '나-너'의 관계로 전환된다. 반려견과 식물이 행복감을 주는 이유이다. 존재의 무의미를 의미로 바꾸는 것이 '나-너'의 관계이다.

참된 삶은 존재와 존재의 만남으로 이루어진다. 인간은 관계 속에서 진정한 자아를 발견하기도 한다. '나-그것'의 관계에서는 상대방뿐 아니라 나 자신도 도구화되며, 나의 참다운 존재를 표현할 수 없다. 따라서 참다운 '나'를 표현하기 위해서도 '나-너'의 관계는 필수적이다. 인간은 목적이지 수단이 아니다. 관계의 목적은 관계 그 자체, 곧 '나-너'의 만남이다. 사회적으로 성공한 삶이라 해도 '나-그것'의 관계가 지배적인 사람은 행복으로부터 거리가 멀다.

오래 전 읽은 단편소설에 오래도록 기억에 남는 내용이 있다. 어느 소도시 한가운데로 작은 강이 흐르고 있어서 사람들은 아침마다 다리를 건너 시장에 가고 일터로 갔다. 그 다리가 낡고 오래됐기 때문에 새로 선출된 시장이 그 옆에 튼튼한 다리를 건설했다. 자신의 업적을 과시하기 위해 시장은 새 다리를 건너는 사람들의 통행량을 조사하도록 지시했다.

이 일을 맡은 감독관은 통행하는 사람들 숫자를 세는 일을 도와줄 조수를 물색하다가 한 청년을 소개받았다. 전쟁에서 부상을 입고 돌아온 청년은 말수가 적었기 때문에 오히려 그 일에 적임자처럼 보였다. 그래서 감독관과 청년은 다리의 양쪽 끝에 앉아서 지나가는 사람들과 수레와 자전거의 숫자를 세기 시작했다. 그리고 정오가 되면 정확한 통계를 위해 서로의 숫자를 맞춰 보았다.

그런데 두 사람이 센 모든 숫자가 일치했으나 사람 수의 경우에는 언제나 한 명의 차이가 났다. 이들은 한 달 동안 통행량을 조사했는데, 날마다 감독관이 계산한 것보다 청년이 센 숫자가 한 명 부족했다.

한 명의 차이는 그다지 중요한 것이 아니었지만, 마지막 날이 되었을 때 의문이 든 감독관은 청년에게 매일 정확히 한 명의 숫자가 부족한 이유를 물었다.

청년은 눈을 반짝이며 말했다. 아침마다 자기가 짝사랑하는 여성이 그 다리를 건너 일터로 간다고. 그녀는 자기가 온 마음으로 사랑하는 사람이기 때문에 결코 '숫자에 포함시킬 수 없는 사람'이라고.

히말라야를 그리는 사람
_ 불확실성과 친해지기

히말라야 일출 감상지로 유명한 네팔 카트만두 근교의 나가르 콧 산장에서 나는 그를 만났다. 동트기 전에 일어나 테라스의 전망대로 갔더니 한 일본인 남자가 먼저 나와 있었다. 그는 의자에 앉지도 않고 절벽 난간에 선 채로 한 손에 작은 스케치북을 들고 뭔가를 열심히 그리고 있었다. 다가가서 봤더니 붓펜으로 여명 속 히말라야를 그려 나가고 있었다.

그림은 별로였다. 붓 놀리는 솜씨가 전문가답지 않고, 백지 위에 흐르는 검은 선들은 특별한 감흥을 불러일으키지 않았다. 그런 것에 아랑곳하지 않고 남자는 몰입해서 그림을 그려 나갔고, 한 장이 채워지면 금방 다음 장으로 넘어갔다. 이윽고 해가 떠올라 만년설 덮인 경사면들에 황금 광선이 부딪쳐 반사될 때, 그곳에 모인 사람들 모두가 사진을 찍거나 탄성을 지르는 와중에도 그 남자는 부지런히 그 순간들을 그림에 담았다.

일출 감상을 마치고 아침을 먹은 뒤 카트만두로 돌아가는 차 안에서 다시 그를 만났다. 마침 그가 내 옆자리에 앉았기 때문에 대화를 나눌 수 있었다. 일본어와 영어를 섞어 내가 알아들은 내용으로는 그는 도쿄에서 왔으며, 학교 졸업 후 줄곧 직장을 다니다가 쉰 살에 사표를 내고 혼자서 카메라 하나와 스케치북을 들고 세계 여행을 다니는 중이었다. 살던 집도 팔았다고 했다. 재산의 절반을 아내에게 주고 이혼한 뒤 미련 없이 떠났다. 그는 '나고리나쿠', 즉 '미련 없이'를 강조했다. 아내는 직장과 애인이 있기 때문에 잘 살아갈 것이라고 했다. 과거의 삶을 완전히 정리하고 떠나온 것이었다.

무엇이 문제였느냐고 묻자, 그는 한마디로 답했다.

"행복하지 않았다."

그에게 맞지 않는 직업, 그에게 맞지 않는 조직이었으며, 그의 영혼에 맞지 않는 아내였다. 자식을 키우고 생존해야 했기 때문에 스스로를 무시하고 무시당하며 25년을 견뎠다. 그리고 이후의 삶은 행복하게 살기로 한 것이다. 언제 작별할지 모르는 삶을 더 이상 놓치지 않기 위해 무의미한 것들과 작별하기로 했다. '삶을 놓치는 것'이야말로 스스로에게 죄를 짓는 것이라고 그는 느꼈다. 어려서부터 좋아하던 그림을 그리며 세상을 보고 싶었다. 그것이 전부였다.

카트만두 시내에서 우리는 '사요나라!', '행운을 빕니다!' 하고 손을 흔들었다. 굳이 그에게 행운을 빌어 줄 필요는 없었다. 그는 이미 스스로 행복의 파도타기를 하고 있는 사람이었다. 그의 얼굴과 웃음이 그것을 말해 주었다. 그림 실력이 중요한 게 아니었다. 그림을 그리는 기쁜 순간, 미지의 세계로 여행의 발걸음을 내딛는 희열의 순간, 자신이 살아 있음을 느끼는 순간들이 더 중요했다. 그 순간을 누리기 위해 안정된 삶을 포기하고 불확실성을 껴안은 것이다.

죽음이 임박했을 때 가장 후회스러운 일은 '스스로를 무시하며 살았다'는 것이다. 가슴이 원하는 여행을 하지 않은 것만큼 큰 실수는 없다. 남의 기준에 맞추고 사회의 암묵적인 동의에 의문 없이 따름으로써, 그렇게 하지 않았다면 경험했을 더 많은 기쁨들을 스스로 놓쳐 버린 것이다.

이런 이야기가 있다. 한 남자가 죽었다. 자신의 죽음을 알아차렸을 때, 그는 신이 여행 가방을 끌고 자신에게 다가오는 것을 보았다.

신이 말했다.

"자, 아들아, 떠날 시간이다."

남자가 놀라서 말했다.

"이렇게 빨리요? 난 계획들이 많았어요."

신이 말했다.

"미안하다. 하지만 떠날 시간이야."

남자가 물었다.

"그 가방 안에 무엇이 들어 있나요?"

"너의 소유물이 들어 있지."

"내 소유물이요? 그 말은 내 물건들…… 옷과 돈, 이런 것들인
가요?"

"그런 것들은 너의 것이 아니었어. 그것들은 이 행성에 속한 것
들이지."

남자가 다시 물었다.

"나의 추억들인가요?"

"아니야. 그것들은 시간에 속한 것이지."

"내 재능들인가요?"

"아니, 그것들은 환경에 속한 것이지."

"내 친구와 부모 형제인가요?"

"아니야, 아들아. 그들은 너의 여행길에 속한 것이야."

"그럼 내 육체인 게 틀림없군요."

"아니, 아니야. 그것은 흙에 속한 것이지."

남자가 말했다.

"그럼 내 영혼인 게 확실해요!"

신이 말했다.

"슬프게도 넌 잊었구나, 아들아. 네 영혼은 나에게 속한 거야."

남자는 눈에 눈물이 고인 채로 두려움에 떨며 신의 손에서 여행 가방을 받아 안을 열어 보았다. 가방은 텅 비어 있었다!

남자는 비통해하며 눈물이 뺨을 적셨다. 그는 신에게 물었다.

"난 아무것도 소유한 적이 없나요?"

신이 그에게 말했다.

"그렇다, 넌 아무것도 소유한 적이 없어."

남자가 다시 물었다.

"그렇다면, 내 것은 뭐였죠?"

신이 말했다.

"너의 가슴 뛰는 순간들, 네가 삶을 최대한으로 산 모든 순간이 너의 것이었지."

미국 시인 마야 안젤루는 "인생은 숨을 쉰 횟수가 아니라 숨막힐 정도로 벅찬 순간을 얼마나 많이 가졌는가로 평가된다."라고 말했다. 그리고 시인 메리 올리버는 묻는다.

"당신은 단지 조금 숨을 쉬면서 그것을 삶이라 부르는가?"

숨 막히게 사랑한 순간이 얼마나 많았는가? 숨 막히게 몰입한 순간, 삶과 숨 막히게 접촉한 순간이. 그것이 꼭 거창한 순간일 필요는 없다. 맨발로 비를 맞는 순간, 섬에서 붉은 보름달을 감상한 순간, 히말라야 능선에서 눈보라 날리는 하늘을 올려다본 순간……. 당신은 어떤 순간들로 채워져 있는가?

죽어서 여행 가방이 텅 비지 않도록 '가슴 뛰는 순간'을 많이 살아야 한다. 스스로 감동하는 순간들, 삶을 자신의 가슴에 일치시키는 순간들을. 이 세상을 떠날 때 당신이 가져갈 수 있는 유일한 것들은 당신의 가슴에 담긴 것들이다.

이타카
_ 네가 걸어온 길이 너의 삶이 될지니

고대 그리스 시인 호메로스가 쓴 대서사시 『일리아스』는 10년에 걸친 그리스 제국과 트로이 제국 간의 전쟁 중에서 마지막 일년 동안에 일어난 사건들을 읊은 대서사시이다. 그리고 그 후속편에 해당하는 『오디세이아』는 '트로이의 목마'라는 기상천외한 작전을 생각해 내어 전쟁을 승리로 이끈 그리스의 장수 오디세우스가 전쟁을 마치고 자신의 고향 이타카로 돌아가는 험난한 과정을 그리고 있다.

이타카로 여행을 떠날 때
기도하라, 그 길이 모험과 배움으로 가득한
긴 여정이 되기를
라이스트리고네스와 키클롭스

분노에 찬 포세이돈을 두려워하지 말라

신들이 정한 귀향길은 예기치 않은 위험과 난관들로 가득하다. 안전하게 보인 항구에서 야만족 라이스트리고네스의 무자비한 공격을 받아 배와 선원들이 침몰한다. 애꾸눈 거인족 키클롭스의 동굴에서는 부하들이 차례로 잡아먹히고, 오디세우스는 거인의 눈을 찌르고 가까스로 달아난다. 바다의 신 포세이돈은 파도와 비바람으로 오디세우스의 귀향을 무려 10년이나 지체시킨다. 마녀 키르케는 남자들을 유혹해 돼지로 바꿔 놓는다. 근심이 사라지고 행복한 기분이 들게 해 고향 따위는 잊고 영원히 그 자리에 머물고 싶게 만드는 신비한 꽃도 있다.

『오디세이아』의 주제는 '귀향'이지만 작품 전체를 지배하는 것은 '항해'와 '여행'이다. 이야기를 흥미롭게 만드는 것은 목적지에 성공적으로 도착하는 결말이 아니라 모험과 위기와 장애물들이 등장하는 여정이다. 그 여정을 어떻게 경험하고 극복하는가가 모든 영웅 신화의 줄거리이다.

우리 모두는 고향으로 돌아가는 여정 중에 있는 오디세우스이다. 어느 날 이 행성에서 태어나 다시 우리의 본향으로 돌아가기까지의 여정이 삶이다. 생명으로 반짝이는 이 아름다운 별에는 우리의 여행을 방해하는 시련과 역경이 기다리고 있다. 마치 신이 계획한 것처럼 곳곳에서 장애물이 나타나 우리를 가두고 굴복시킨다. 암초와 소용돌이로 길을 가로막고, 우리가 세운 계획을 무효화시킨다.

그러나 우리는 굴복하지 않는다. 굴복해야 할 때는 잠시 무릎 꿇지만 곧 몸을 추스르고 일어나 다시 시작한다. 지도를 수없이 고치고, 경로를 수정하고, 멀어진 꿈을 붙잡는다. 그러나 그 길이 순탄하기를 기도하지 말아야 한다. 그것은 삶을 살지 않겠다는 것이기 때문이다. 모험과 배움으로 가득한 여정을 거부하고, 안전한 항구에 남아 있겠다는 것이기 때문이다.

너의 정신이 고결하고
너의 영혼과 육체에 숭고한 감정이 깃들면
그들은 너의 길을 가로막지 못하리
네가 그들을 영혼 안에 들이지 않고
너의 영혼이 그들을 앞세우지만 않으면
라이스트리고네스와 키클롭스와 사나운 포세이돈
그 누구와도 마주치지 않으리

이십 대 후반, 나는 삶의 진리를 깨닫기 위해 집을 나섰다. 여행은 생각처럼 간단하지 않았다. 영적 스승을 만나 해답을 들으면 인생의 문제가 해결되리라 믿은 것은 착각이었다. 더구나 스승들은 멀리 떨어진 곳에 있었으며, 기차는 끝없는 연착으로 여

정을 방해했다. 냄새나는 이등칸 화장실 앞에서 쪽잠을 잔 적도
여러 번이었다.

순수했던 처음의 정신은 차츰 퇴색해 갔다. 유혹에 넘어가 돼
지가 되기도 했다. 도그마에 사로잡혀 애꾸눈이 된 적도 있다. 나
자신이 야만족이 되어 진리 따위는 존재하지 않는다고 냉소한
적도 있다. 파도와 비바람에 길을 잃고 궤도를 되찾는 데 몇 해
가 걸렸다. 이 모든 방황들은 내 정신이 고결함을 잃고, 감정이
숭고하지 않았기 때문이다. 내가 모든 방해꾼들을 내 안에 들였
기 때문이다.

장애물과 위험이 출몰하지만 너의 생각이 드높고, 네가 그것들
을 너의 정신 안에 받아들이지 않으면 그 어떤 것도 너의 길을
가로막지 못하리라는 선언은 깊은 통찰이다. 초라하고 비굴한 삶
은 우리가 그것들을 안으로 받아들일 때만 일어난다.

> 기도하라, 그 길이 긴 여정이 되기를
> 큰 즐거움과 큰 기쁨을 안고
> 처음 본 항구로 들어가는
> 여름날 아침이 수없이 많기를

나는 목표 지점이 가능한 한 가까이 있기를 바랐었다. 우회로
가 아닌 직선길로 가기를 원했다. 얼른 목적지에 도착해야만 진

정한 삶을 살 수 있을 것이라고 믿었다. 목적지에 이르는 '과정'이 곧 나의 삶이라는 걸 깨닫지 못했다. 그래서 도중의 항구들은 즐겁지 않았고, 목적지에만 매달렸다. 항구들이 숨기고 있는 신비의 도시들을 그냥 지나갔다. 태양이 초대하는 많은 여름날 아침을 무표정하게 맞이했다.

우리의 인생 자체가 '오디세이아'이며 삶의 묘미는 과정에 있다는 것을 나는 여행을 통해 배웠다. 내가 정한 목적지들은 사실 그곳에 이르는 여정의 경험을 위한 설정에 불과했다. 내 여행기는 목적지로 가는 도중에 겪은 일들과 이야기들로 채워졌다. 모험과 도전을 피해 고속열차나 비행기를 타고 목적지에 도착하는 것은 여정을 생략한 것이나 다름없다. 복잡한 시장길을 우회하고, 낯선 길들을 거부하고, 가이드를 따라다니는 것은 여행이 아니다.

따라서 기도해야 한다. 목적지에 도달하는 우리의 여정이 가능한 한 긴 여행이 되기를. 신이 짜놓은 근사한 일정을 우리가 망치지 않기를. 그 여정에서 더 많은 모험과 시련과 근사한 일들을 겪게 되기를. 그래서 모퉁이를 돌 때마다 온갖 사건이 펼쳐져 이야깃거리가 많아지기를. 그 이야기들이 없으면 당신의 삶은 흥미진진한 여행기가 아니라 안전한 가이드북을 따르는 것이다.

페니키아 시장에서 길을 멈추고
멋진 물건들을 사라

진주와 산호와 호박과 흑단
온갖 종류의 감각적인 향수를
가능한 한 많은 관능적인 향수를
이집트의 여러 도시들에 들러
그곳의 현자들에게 배우고 또 배우라

북인도 럭나우의 전설적인 향료 가게에서 작은 병에 든 사향 향수를 샀었다. 관능적인 향수가 비싼 돈을 치르게 했다. 도중에 허술한 마개가 빠져 배낭 안의 물건들이 사향 향수에 젖었다. 북미 대륙에서는 아메리카 원주민들의 드림 캐처와 인디언 피리가 마음을 끌었다. 네팔의 시골 마을들에서 수집한 등잔은 은은한 불빛으로 밤의 고요를 밝혀 주었다.

주저하지 말고 경험에 뛰어들라. 문제에 대한 해답을 타인에게서 빌리려 하지 말고 그 문제를 살아야 한다. 삶은 풀어야 할 문제가 아니라 살아야 할 신비이다. 관념과 공식에서 벗어나 이 삶을 최대한으로 경험해야 한다. 이해는 머리가 아니라 경험을 통해 얻어지는 것이기 때문이다. 시인 까비르도 노래한다. 살아 있는 동안 손님을 맞이하라고. 살아 있는 동안 경험 속으로 뛰어들고, 살아 있는 동안 삶을 이해하라고.

신은 우리를 위해 많은 가게들을 열어 놓았다. 그 가게들을 섭렵하라. 멋진 물건들을 사고 감각을 추구하라. 그리고 그 가게들

끝에 있는 현자를 만나는 것도 잊지 말자. 그 현자들에게 배우고 또 배우자.

> 언제나 이타카를 마음에 두라
>
> 그곳에 도착하는 것이 너의 최종 목표이니
>
> 그러나 결코 서두르지는 말라
>
> 여행은 여러 해 계속되는 것이 좋다
>
> 그리하여 늙어서 그 섬에 도착하는 것이 더 나으니
>
> 너는 길에서 얻은 모든 것들로 이미 풍요로워져
>
> 이타카가 너를 풍요롭게 할 것이라 기대하지 않으리

『오디세이아』를 처음 읽었을 때, 이상향이 그 목적지가 아니라 단지 집으로 가기 위해 주인공이 고난을 헤쳐 가는 내용임을 알고 놀랐다. 인간은 집을 떠나 새로운 장소를 향하도록 운명지어진 존재가 아닌가? 수많은 모험가와 개척자들이 그런 삶을 살지 않았는가? 그런데 왜 오디세우스는 '집'으로 가기 위해 그토록 험난한 여행을 해야만 했는가?

인생을 살면서 나는 차츰 깨달았다. 어느 곳을 가고 있든 내가 집으로 향하고 있음을. 인간은 모두 자신의 집에 이르기 위해 여행하고 있음을. 집으로 향하는 멀고 긴 여정, 그 여정이 곧 진리 발견의 길이고 자아실현의 과정이다.

따라서 고난에 찬 여정이 빨리 끝나는 것이 아니라 오히려 더 긴 과정이 되기를 신들에게 기도해야 할 것이다. 오랜 과정 끝에 도달한 자기 발견이 더 진정하고 확고하기 때문이다. 아예 '늙어서' 목적지에 도착하는 편이 더 낫다. 지혜로운 현자가 되는 것은 긴 과정을 통해서만 가능하다. 목적지가 우리에게 주는 가장 큰 선물은 그곳에 도달하기 위해 거쳐야만 하는 여정이며, 그 여정이 주는 성장이다. 아름다운 산호와 진주와 향수는 목적지가 아니라 그 길 위에서 발견된다.

여정이 풍요롭고 신기함으로 가득 찬 사람은 목적지에 연연하지 않는다. 이미 그 자신이 멋진 삶을 누렸기 때문이다. 후회 없이 살고 치열하게 추구한 사람은 더 바라는 것이 없다. 그는 깨달음에 도달하지 않아도 개의치 않는다.

이타카는 너에게 아름다운 여행을 선물했다
이타카가 없었다면 너는 길을 떠나지도 않았을 것이다
이제 이타카는 너에게 줄 것이 아무것도 없다

모든 위험을 극복하고 오디세우스는 10년 만에 아내와 자식이 기다리는 고향에 도착한다. 그 여정은 그에게 멋지고 모험 넘친 아름다운 여행을 선물했다. 그러나 그 본향, 그 목적지가 없었다면 그는 그 여행을 시작하지도 않았을 것이다. 그리고 목적지에 이르렀을 때 우리는 비로소 깨닫는다. '목적지'가 의미하는 바가 무엇이었는가를.

『오디세이아』는 청춘의 출발이며, 노년의 깨달음에 이르는 과정을 그린 서사시이다. 우리 각자는 책이나 영적 가르침을 통해서가 아니라 인생의 전 과정을 통해 깨달음에 이르기 위해 고군분투하는 오디세우스이다.

청춘을 보낸 지금, 나는 깨닫는다. 나는 늘 스승들을 만나게 되리라는 믿음을 잃지 않았지만, 나에게 깨달음을 선물한 스승은 인생 그 자체였다. 청년 시인이었을 때 나는 삶에 대해 몇 가지 질문을 가졌는데, 그 질문들이 지금의 나를 만들었다. 질문들에 대한 해답을 얻기 위해 떠난 여행은 나에게 특별한 삶을 선물했다. 그 해답이 환성일지라도 그것이 없었다면 나는 길을 떠나지 않았을 것이다. 새로운 장소들도, 무희와 현자와 상인들이 있는 항구들도 여행하지 못했을 것이다.

모든 여행이 자기 성찰의 길로 불리는 이유는 목적지가 아름답기 때문이 아니다. 험한 산맥을 넘고, 태양과 눈비와 추위를 견디고, 때로는 우회하고, 때로는 공동 숙소에서도 자야 하는 전 과정이 주는 특별한 경험 때문이다.

설령 이타카가 보잘것없는 곳일지라도
이타카는 너를 속인 적이 없다

너는 길 위에서 경험으로 가득한 현자가 되었으니

이타카가 무엇을 의미하는지

이미 이해했으리라

　이름난 장소를 찾아가지만 막상 도착해 보면 실망할 때가 있
다. 명성에 비해 그곳의 보잘것없음에 허무해진다. 그러나 그 장
소들은 우리를 유혹해 그곳에 이르는 멋진 여정을 선물했다. 따
라서 우리는 목적지에 속지 않은 것이다. 보잘것없는 곳이든 웅
장한 곳이든 그 목적지들이 가진 목적은 우리에게 그곳에 도달
하기까지의 과정을 선물하는 일이다. 그 과정을 통해 우리는 삶
을 경험하고 깨달음을 얻는다. 이것이 모든 목적지들이 숨기고
있는 참된 의도이다.
　만약 당신이 집을 갖기를 원하는데 누군가가 집을 사 준다면,
당신은 진정한 집을 얻은 것이 아니다. 그것을 얻기까지의 노력
과 우여곡절과 경험이 생략된 집은 당신의 진정한 소유가 아니
다. 그 집은 모래로 지은 집이나 다름없다. 당신은 곧 그 집을 잃
을 것이다. 만약 당신이 진리를 발견하기 원하는데 누군가가 당신
에게 진리를 제공한다면, 그것은 당신의 진리가 아니라 모조품에
불과하다. 당신은 그 진리를 살지 않았기 때문이다. "진정한 여행
은 어딘가에 가는 행위 그 자체다. 일단 도착하면 여행은 끝난
것이다. 그런데 요즘 사람들은 끝에서 시작하려고 한다."라고 소

설가 위고 베를롬은 썼다.

우리 각자의 삶은 한 편의 『오디세이아』이다. 그 대서사시의 완성은 우리 자신에게 달려 있다. 그러므로, 우리가 걸어가는 길이 각자의 이타카 여행이어야 한다. 그 길에서 넘어지고 다시 일어서는 과정이 우리의 순례이다. 당신의 이타카는 무엇인가? 당신은 그 이타카로 가는 길 어디쯤에 있는가? 애꾸눈 괴물의 동굴에서 고통받고 있는가, 바다의 신의 격랑에 침몰하고 있는가? 아니면 페니키아의 시장에서 호사스러운 물건들을 구입하고 있는가? 목적지가 아니라 그곳을 향해 가는 길 위가 바로 이타카임을 이미 이해했는가? 그렇다면 당신은 제대로 여행하고 있는 것이다.

＊인용한 시는 『오디세이아』를 한 편의 시로 재구성한 그리스 시인 콘스탄틴 카바피(1863-1933)의 「이타카」이다.

참고서적

어니스트 헤밍웨이 『오후의 죽음*Death in the Afternoon*』

조애나 메이시 『내가 사랑한 세상*World as Lover, World as Self*』

짐 코벳 『정글 이야기*Jungle Lore*』

헨리 데이비드 소로 『월든*Walden*』

미셸 투르니에 『예찬*Celebrations*』 (김화영 역, 현대문학북스)

에드먼드 화이트 『마르셀 프루스트의 생애*Marcel Proust: A Life*』

페마 초드론 『모든 것이 산산이 무너질 때*When Things Fall Apart*』 (구승준 역, 한문화)

이청준 『소문의 벽』 (문학과지성사)

아잔 브라흐마 『술 취한 코끼리 길들이기*Who Ordered This Truckload of Dung?*』 (류시화 역, 연금술사)

장 지오노 『나무를 심은 사람*The Man Who Planted Trees*』

앤드류 하비 『숨은 여행*Hidden Journey*』

파트룰 린포체 『완벽한 스승의 가르침*Words of My Perfect Teacher*』

소걀 린포체 『깨달음 뒤의 깨달음*Glimpse after Glimpse*』 (오진탁 역, 민음사)

에크하르트 톨레 『삶으로 다시 떠오르기 *A New Earth*』(류시화 역, 연금술사)

엘리자베스 퀴블러 로스·데이비드 케슬러 『인생 수업 *Life Lessons*』(류시화 역, 이레)

레이첼 나오미 레멘 『할아버지의 축복 *My Grandfather's Blessings*』(류해욱 역, 문예출판사)

어니스트 커츠, 캐서린 케첨 공저 『불완전함의 영성 *Spitrituality of Imperfection*』(정윤철, 장혜영 공역, 살림)

안드레아 조이 코헨 『가면을 쓴 축복 *A Blessing in Disguise: 39 Life Lessons from Today's Greatest Teachers*』

J. R. R. 톨킨 『니글의 잎새 *Leaf by Niggle*』

파블로 네루다 『추억 *Memories*』(윤인웅 역, 녹두)

마르틴 부버 『나와 너 *Ich und Du*』

콘스탄틴 카바피 『카바피 시선집 *The Complete Poems of Cavafy*』

Paintings by Elicia Edijanto ©

새는 날아가면서 뒤돌아보지 않는다

1판 1쇄 발행 2017년 2월 17일
1판 59쇄 발행 2025년 1월 27일

지은이 류시화

펴낸이 김기중
주 간 신선영
편 집 오하라 이미라
펴낸곳 도서출판 더숲

주소 서울시 마포구 동교로 43-1 (04018)
전화 02-3141-8301~2 | 팩스 02-3141-8303
이메일 info@theforestbook.co.kr
페이스북 @forestbookwithu · 인스타그램 @theforest_book
출판신고 2009년 3월 30일 제2009-000062호

© 류시화, 2017

ISBN 979-11-86900-22-2 03810